U0455830

eye.

守望者

———

到灯塔去

守望者·香樟木诗丛

上面，中间，下面

王君 著

王君诗选

南京大学出版社

目　录

下　面

献诗

上面，中间，下面

1

时间的露下在狮子洞的清晨。

远处是人间，碧空在破茧，此刻

物的语言，如"花岗岩的理智"

一样宽阔：露消失在眼——

在耳里，却能再次活过来：

叽叽喳喳，一只鸟。

它站起来……它站在它的有限性上，

它从它的静物的灰尘里获得了命，

它……升起，歌唱。

风吹动树叶，哗哗，

词语"天空"砰的一声飞走了。

幻境中觉受者的心湖，

投下一枚石子。

蒲公英随风而去的白是青山绿水的

绿，在露水中的飞行和栖居。

一个词碰到一个词，

有时是上面碰到了四壁："不对。"

有时又从中间弹回一个相似的

他自己，"就是那一瞬！"

2

乌泱泱，下面挤满了清白的黑幕。

死过了一万次的死并不能复活死。

他必须获得一个新的支柱，

新的空间"眼睛"，从旧的实体长出，

时间恢复为器官……一个念头出现，

事物的脸涌现，但是他并没有

真正获得世界，这一万只鹤的飞，

他不是其中之一。那不存在的锤

总是隐秘地捶他，他想再来一遍，

"从毛发中取出雪"，枯枝已无笔意。

他因此变得孤独起来。

3

从白云里诞生了"圆月"这个念头。

圆月，呼唤出了虚幻中会呼吸的词：

狮子。狮子的长吟挪动了

林子深处的门闩，

窗户在内心里还有

一扇更小的窗户，打开，

词语"哦"的月光吐出一地银色的称赞，

照见了词语"花萼"寂静处的脸。

一张低头顺眉的脸哪，

所见的露水中的万物——过耳，过鼻，

呼啸而来。舌无骨，眼有筋，

词的手触摸到词的彩色斑斓，

斑斓里长途跋涉而来的是意海中

必然呈现的这只狮子，

和一座叫作狮子洞的山。

4

这时，岩石也会站起来，

问，水天一色乎？

在秋天的白露之节，

哦这杜鹃天籁的容颜——

滴答的叶子，观察到

一个锯齿状的底部。一种

呼吸的隐忍，耀缘师坐进狮子洞。

洞穴由坚硬的岩体围绕。

写于 2017 年 9 月 7 日，白露之日

上　面

狮子洞山水禅（组诗）

12 月 27 日的山色

我说的是 12 月 27 日，我上山，
下午五点的时光，一分钟的时间
沿着微雪的边界，水汽，弥漫开

把竹林一根一根洗濯得
像小一号的
住在竹子里发亮的神。

如此浩渺的绿，
浸透了雪意。但雪并不下。
"下"的意念里，长满了一山坡的

野山梅、野茶树和核桃树。

山色荡荡。在下一个念头里

出现的是白发的星星，云的瘦骨

竹叶翠绿得好像他们从来没有被洗过。

竹叶：从鹅黄绿、青霜绿到满月绿，

如此拾阶而上的眼，沿着石板路向上

引导身体沉到山色的底部。

从灰濛水汽的天空向下望，

墨绿的自来水厂人声鼎沸。

我是一棵竹吗？山色肯定是一种

大质量的汽车鸣笛。石棱。败叶。

将要冻住的草在进入我身体的羞耻，

天空微微有一些倾斜。倾斜到

灯光微弱而强烈，所有的山色变了色。

社会漆黑。把一个人的竹子脱下来。

汽车开到崖边，山色越发渐暗。

一个庞大的渐暗包裹住一个人，

连同竹，消失在山色的渐暗里。

2016 年 12 月 28 日，2021 年 12 月 4 日

第一缕阳光如何到达狮子洞

晨起不辨衣履。树与人
有时合在一起，有时分开。
昏暗已昏、将明未明之时，
一百棵树，
有时也被辨认成一棵树。
绿柏已经忘记自己是不是山槐？

山槐承认自己是画眉的轮胎。
白雪的机场已经打扫干净，
一群鸟中的一只，将醒未醒
它的飞还停在小卖部的浑中。
耀缘师：昨夜大雪，
我听了一个晚上，消失之物

如何显示"仍然在"。
别动。有动——
止住了昏。有动动起来。
越是稳固的心越能感受到这个

神秘的重复：动了一下。
它触摸到它的边缘，迅速

撤回，但是晚于紧接着的飞起。
你感觉到初醒，醒已经醒来。
发生了一只，两只，或者三只的
发动。仅仅一秒
群鸟的油门瞬间轰到最大，
从小里喷涌出快，

从飞起里飞起了未停止的动。
来自背后有一个有力的一推，
这是一种什么相似的力量？
身体被震动得还在摇摆之中，
心识已上天台，
但这仍然无法让震动停下来。

暗结束了。明还没完全发生。
光线将照未照之际，万物的情绪
都绷得太紧。紧到身体
吸收了它的紧，弯成一只弓。

它在发射与未发射之中。

啊啊、俄俄、呜呜、热热、乐乐

—— 一只叮当鸟因为急迫

而变成一只急迫的鸟。

这是 2016 年 11 月 18 日发射出来的

万物第一音，万物感到好震惊：

模拟，但总是不得其解。随后一秒

第一缕阳光刚刚抵达狮子洞。

2016 年 11 月 18 日

七日禅

第一日。使用洗衣粉擦拭事物。
不要去想象画眉。让它飞，
直到它发出叮当的声音，
直到它被叫作叮当鸟。
或者干脆把它忘掉，
不要去想象想象本身，
会长出一只麻雀的翅膀。
如是。鸟鸣禅可能就会变成叽喳禅。

第二日。比起众鸟
想象本身太美，太过华丽。
即使比起鸟之羽毛，
想象也是一个危词。
要吹掉尾羽表皮细胞上的意义，
要让尾脂腺的油脂，
在冬天的焚烧厂被一个词
寻觅到，去年画的鱼，
只有骨灰没有无鱼。

从动里取走不动，

从皮囊里取走皮囊，

飞就变成一个长天线的球，

远处有人接住。第三日，

静会在细胞的冷藏车间冻成冰。

所有的冰都有一颗

让压缩机停下来的心。

如果能控制住

烈马一样更深的内心，

马会在冷的分子尺度上刹住车，

停下来。

如是，"我"开花。

"我"跳起原子的运动之舞，

在一望无垠的蓝天下。

第四日。"我"

沉醉在外太空的步伐里。

我在"我"里扩展出深潭，

也许深潭早就了知

会变成深海，

所以它干脆成为深海中的月亮。

好大一个圆圈，如此之满，

从日到夜，好像有人打开了

光的开关，

直泻下来。

第五日。万物都在飞离对流层。

雨从高空，被取走了高，

像春天一样温润的湿意，

以不高降落到随处。如是，

所有的雨都有一个雨的神学院。

同样，任何一滴水

落在一朵野杜鹃花的心头，

就是一念，开在所有杜鹃花的放上。

第六日。心神摇动，山就摇动。

心止，山就止。

蝴蝶抓住了彩虹的声音：它发现

它可以在彩色中飞起来。

蓝天进入画眉。

蓝天在画眉的白云之中，

种出一片污水处理厂。

而白云在青山里长出第一片绿叶。

第七日。绿叶的一念之中

有白云的 90 个突变的青山。

蝴蝶的一刹之中，

有画眉的 900 座链群峰。这是

多么完美的数学：心变成无穷空的 0

微细的连接在古银杏、山梅花，

在化学和高山神经之间打开幽暗的门。

哦你这元素里的蟋蟀，你这蟋蟀山顶上

否定自己的山顶。

哦你这一念的工厂，你这第七日的地藏。

2016 年 12 月 9 日，2021 年 12 月 5 日

蝉的禅

1

蝉离开了树依然是蝉。

蝉在树上唱歌，

歌依然可以分解为

一段寂寥的碎片。红嘴蓝鸟

不在此地，但蝉形的气流穿过

八月，竹子修长的躯干

高过了槐树的精神头颅。

槐树的花，已经离开枝头，

香气插入月光的身体，

在凛冽的球体铺上一层未来的雪。

2

从夏天的狮子洞飞到冬天的手上

蝉成为禅。

但这可能是三年，五年

或者十七年的时光。

在大雪纷飞的午后，我凝视

落在木头茶桌，一个木形香具上

一只静态的蝉。

内部为灰尘，香灰，和深不可测的死。

此地离狮子洞有 1500 公里之远。

而它成为哑巴是从诞生之日起——

有久远劫之远和一个拉到无限长的

蝉鸣之长。

即：它在出生的时候就已经死了。

只有一个叫作蝉的人，活在世上

他在寻找一个能唱歌的精神飞行器。

3

很多言辞从未出生。

有的言辞刚刚触摸到某一个物

不为人知的边缘

就开始在喉咙里咿咿呀呀。

心识很难寻觅到一具恰恰好的肉体。

这一次它要把自己葬入土中，

隐姓埋名。吸食

肉骨头，铀，有机物的尸体。

多么痛的领悟：腐烂的

未必因此就会丧失形体。

同样，在大多数情况下

会鸣叫的是鸟，

孤独的是时间。

从未言说的，

是在地底修行的

秘密外星人，

他操持内空间的话术。

4

这是一位黑暗中的瑜伽士大师。

他已洞悉，是想象限制了肉体：
身体被捏碎，又推倒重来，
一遍一遍，只有蝉鸣作为咒语被
偶然留在颂词的某个角落。

也许控制这一切的是暗中转动的
机枢。机枢？
其实并不存在。
万物都是自己转动，并发生。
所以万物从来就不是假象。

它们只是它们自己。
就像刚出生的，滴着绿的蝉
和已经死去的蝉蜕
只是能量在暗中秘密发生了转换，
从黑变成了绿。

又让绿，和秘密
蒙了一层后乡镇时代的雨意。
以让万物在通过
这纱翼的时候，获得一声

尖锐、化学、忘我的蝉鸣。

5

现在到了把哑巴蝉，
变为鸣叫蝉的时候。
这需要彻底忘记痛苦。
并把痛苦再向下挖，
直到蝉鸣露出了它的内脏。

6

死和生，是一片树叶的两面。
但树叶并非死者的一面。
蝉已深悟这个道理：
所以它在欲飞之前已经知了
苍龙退骨而骧，

蝉离开蝉蜕已经不是蝉。
这也是禅一直保守的秘密：
出生并不代表

真的拥有生的奥义。死
也并不代表必死一定到来。

果实落下，咒语脱落，
盘腿而坐的冥思者，
在衰退里，两眼如漆，
他在自身的灯泡里看见那盏
已经枯败的灯泡。

7

地球点亮在外太空。
当蝉再次在生生不息里
开始响亮的鸣叫，
它沉醉在这钨丝的神学里。
它已经了知大如一只大象，

也可以脱身泥泞，刹那无碍。
蝉最终飞成一只真实的蝉。
他和他的相遇——
但世间并没有因此多一个

也没有少一个，蝉。

禅：恰恰好。
会有同样的愉悦收下了蝉的非禅。
所以我们只需要恭喜，
一位被称作蝉的大禅师，
降临到了我们中间。

2017 年 1 月 30 日，2021 年 12 月 4 日

有，的，物

1

一个词死了，胎记消失，
又会变成另外一个词，比如

把雪云安进万丈的身里怎么样？
如果感觉香，
怎么也形容不了一只眼
所能触摸的大，
可以牵进一头象。
大，就膨胀起来。
一声虎鸣则是一个词语
被风捉住，挂在一根已经死去的

老枝上，水滴下来就是水。
水没有滴下来就是镜。
把所有的大海水折叠一下

再对折，就是一面虚空的镜子：
静物尽收眼底。

山石怪木，拼着拼着就拼成了一只
画眉鸟。鸟吐出一口气
星群、劫火、际会、潜通，
叽里咕噜从灵台里滚出了一地的枣。
那些光影斑驳的，
是静默在转世路上，
继续等待出生的词语。

长形的虚空，再次出生为瘦长的词。
坚硬的虚空倒出来的是百草柔。
几许，是用来描述一棵
影子高过树顶的芦苇。
短小的虚空，则对应为"温热"这个词儿——

它在春天的早晨摸到狮子洞
老槐树上一窝刚生下来的蛋。
鸟妈怪叫着注视着你，
一股气流把它笼罩在一个翅形的

虚空内，

阳光把鸟本身照成一个"火"字。

大多的词生下来就充满水声。

有回声，在词的内壁荡漾或碰撞，

滚落于山前屋后。在秋天

成为秋光，在春天成为春光。

林鸟与渊鱼，

尔从"来时"里乍泄出来，

汝相忘于"去时"。

2

丰腴，丰收了一地的稻米。

石女和木人，住进了转侧

虚明挂在玲珑的窗口。

斑斑的百亿分身，其中两个

分给了一雨一晴。

只有大方真的大方，

它在千峰里堕撰了一壶天，

而在一壶天里，

又钓尽了满城的雪。

醉云倚倒了聚月。没有上弦月
哪来的鸟归无影的滋味？
天真。绿净。尘尘。七斤。眼寒。
都装进了蒲团的肉团，
缝罅这么大，这还远远不够。

虚空的肚皮比足够大。
那些内生出来的词，滴溜溜
转着，一个挤一个
一个挨一个。
一根针芥上就可以站满三千，
这还远远不能描述一只关关林雀，
飞过一棵烟树所包罗的万象。
空不空？鸟不鸟？万不万？

棱角隐没了也。圆依然心安如海
巨石飞入了白云的心思。
醇和馥上，长出了两片澄和净的树叶，
寥廓的儿子是晦明，

青山父认了眉毛的亲。

一根丝头露在伎俩的外头，
但不妨碍路直
弹指吹入醉生梦死的意。

3

如果一个词曾经发过一个愿，
它就发过很多愿。

明弄来一些光，照见了界的词里面
竟有一米的空旷。如果明
除了活在人间，在鸟界有鸟鸣，
在天界有天明，
把人的尺子换成神的尺子
就会发现它已有五个劫的空。

空里面还住满了草。
河道的草，大铁围山的草，烈火狱的草。
草在旁生道叫作草鱼，

游进了地狱道就叫作鬼鱼。

寒听到鬼这个词儿，心下有些发紧，

它紧紧拽住天的一根稻草，

稻草，在空里是空草。

但是它得到了"有"这个词。

想要根棍子，棍子就递过来。

草蛇盘绕而上，

变身为祥，在一个词里发出了鸟叫——

叫，碰到了一连串的呜、吼、嗷、啾

狮子和豹，

飞奔入白雪的轻盈。

4

奔得太快，就会有什么词被碰碎，

善和恶露了出来。

掂一掂，善有几斤，恶有几两？

转念。蚊子的词消失，闻的词出生。

闻，闻到了一只蚊子的秘密：

在人间是一粒米粒之重，

在善里面有五根鸿毛之轻。

而在恶里，文字吃掉恶，并将恶

压缩成了压缩的压。

想象一下一万只乌鸦关进了一间

词的屋子，用来描绘一种性质的黑：

黑鸦鸦。

黑，黑过了头就是人心太坏。

但这真的挡不住浮云的眼。

浮云什么的，再重的物，

千重的山，万重的水，随意

空置过来不过还是一片云。

只要念想到雨，

雨就从云里下下来，淋湿了有坏。

地藏先生说，说一个词儿吧，

我有的，就给你。

其实不可有也是有。

毕竟空，更是有。
来一口仙鹤的仙气，使劲
吹掉有之上词的灰，
更多的词掉下来，有没有了，
最终掉下来的是米。

2017 年 2 月 5 日

蝴蝶苔藓

1

满耳都是雨声——寂静似乎只喜欢
躲在暗处的蜘蛛。在狮子洞
一只蜘蛛只用几十秒，
就能织就一根闪亮的金丝，
而不织丝的金丝雀趴在树冠。
如果耳朵张开，身体就是多余的：
它只喜欢更大的雨声。
并且把雨声，
站成了一声鸟叫。

——水汽从周身向中心凝聚，
然后发生为水：水幕、水雾、水珠。
水滴则是成批地出现，
一个接一个，点燃了绿的
圆形的想法。

一群一群的翠绿、黄绿、青绿
呼啸进入视网膜。
这是冬天，1 月 18 日的下午，
鸟叫绿盛满了水。

光从上方穿过网格打下来，光柱
照进瞳孔背后，勾住幽暗之处的链。
月亮并非不在。
静，沿着滴答的时间。
一棵树接着一棵树，
被虚空扔进了树林。
光影错乱。

有一棵树。
有一棵树死死摁住了绿的
想爆炸的欲念。
山色在树干和树枝的血管里，
突兀，碰撞，荡来荡去
鼓胀成一个能量的中心。
力蕴于一点。

心只是迟疑了一下，突然狂跳不已。

2

鸿章师兄已经远远走在我们前面。
光线斑驳。乱雨眯眼。我抬头
就看见一棵树。
树根暴露，肤色充实，发白
转青，紧紧抓住河岸，看上去
它在练习一种接近自然的理智。

有的能量聚集之后，转化为脑核
中的凸起。有的能量转化为死，
如树叶一样无人地落下。
而这一棵树转化为蝴蝶：看哪
一块蓝褐色、夹杂着嫩绿的苔藓，
爆炸性出现在树干分叉的地方——

肉质。滴着水。有如一只蝴蝶从枝头
活了过来，并轻盈地飞下，

飞入虚空里它的肉身中。

所有感受到它的人，蝴蝶与人
都飘起来。

3

我如何描述这一刻的镜像：
蝴蝶变身为苔藓，
而苔藓在意念中飞起来。
当它诞生的时候，其实它早于
时间之前已经飞在那里。

当它飞过那里，可以理解为
一只蝴蝶的虚空，刚好装进了一个
与蝴蝶的形体一样大小的
空荡荡的壳。
同时从内心喷涌出色彩。

如果它真的飞起来，到底是谁
在飞？我们从记忆之中

想象一下，究竟什么样的活者

把一个死物的自己，当作生，

而生，竟然超过了其余之物的美？

弄一点蓝色进来，主色应以黄为主。

在接近腹部绒毛的地方，

加一点白，

白雪需要一个彩色的翅膀吗？

翅膀上可以再涂上一些墨绿？

那么，在小脑袋上，和翅膀边缘

点缀的几点非时间的黑斑，是什么意思？

想象墨绿，世界就真的墨绿起来。

我们惊讶于黑加进了黄里面，

尖角的深渊就那么豁然开朗。

我们从前，

想到过黑色的蝴蝶，

飞在黄色的麻雀堆里有多好看吗？

4

如果我们想要，我们还能
从虚空中创造出蝴蝶想要的一切：

数以万计的蜘蛛、飞虫、真菌、
苦味的地衣，地狱顶棚伞形的
小蘑菇，组成蝴蝶星球。
新剥的火山岩树皮，
光滑的褶皱，树皮与树皮的缝
装满了成吨的长翅膀的氨基酸。
这气态的巨型星，祭主仙人，
喝着过滤过的孽镜地狱的沸水，
它有隐藏的十二个变形。

如果我们想要它是，它就是蝴蝶。
耀缘师说，一个蝴蝶诞生了时间
也可以被取消：
这取决于你在虚空里能走多远。
就像一棵树被虚空扔进来，

也可以被扔回去。
一只蝴蝶消失了，
还会有第二只蝴蝶。

如果我们想让时间的
投射物，以及投身物的投射，
像蝴蝶一样涂抹上黑斑点，
我们同样可以获得一只
更大的秘境蝴蝶。
如果狮子洞整个山岩
站起来，抖落掉身上的
尘土、苔藓和无物，
像一只蝴蝶飞起来，
它就真的能飞起来。

5

我的身体内飞着一只活的蝴蝶。
我走来走去。
有水声溢出来。光与影
把站立者照成条栅状的光团。

一双人类的眼睛，重合的视角

最多可以是120度；

如果人类凝视一个物，最多可以框住

25度视角内的物体。

试想一下，在一个小于0.01米的圆框内，

被网住的只是一只极其小的小蝴蝶。

如果这个圆大了一倍，网住的

就是一只更大的大蝴蝶，

可能是一只2米的鸟儿。

如果乘以2的次方，光影可能聚变

眼会因为看见而变得目盲。

忽略了速度的轮廓，

我看到一条质地更紧密的光线，

肉体，抽象为一万次的震动，

密度却大过了一块陨石铁。

它照见了一只踞于雪山之巅的

庞大的、天空一样的狮子。

如果我真的闭上双眼。

把狮子和绿，还给虚空，

绿的界限也会消失。

蝴蝶跟着融入虚空，并在虚空中

像空间一样重新生长出来，

只要你需要，它就内生为

你需要的那只蝴蝶。

你识别到哪一只蝴蝶是属于你的，

它就是属于你的。

6

你可以像蝴蝶一样，

飞起来试试看。

不需要安全带，

也不需要起飞和加速，

甚至不需要物理飞行。

仅仅需要的是冥想。飞

从胸腔里发射出来，沿着喉咙

冲激开整个躯壳，

接着，飞沿着喉咙打开了鼻腔

黏膜青草由黄转绿。

飞一个一个冒出，

不只是一只

蝴蝶飞出来，而是一片蝴蝶云

覆盖了整个树林的大脑皮层。

也不只是一只蝴蝶，

长满声带的草原，你想说的言辞

无须再次说出。

无非是一只只或花朵状、或芽苞状的

蝴蝶。

其中的一只果真划开了狮子洞大海

平滑的水面，

光线的涟漪荡开去，

一千万只蝴蝶，

横穿了一千万棵山石树木。

你所感知到的外境，

空明、摇晃，

神识的大厦仿佛要坍塌下来。

然后蝴蝶飞回了你的嘴。

一切安止。

7

让摇动再次发生的是一片白云。

然后是无边界的

蓝，一只蝴蝶的蓝

贯穿了你的身体。

从海底打通到头顶，

路经一条飞流直下的瀑布。

然后是火。

蝴蝶的风暴汇向一个明点，

越来越集中，难受得要命——

嘭，大火在内部燃起。

蝴蝶爆炸。蝴蝶和人终于

点燃了绿。

8

天台清明。你已经可以分清
每一片散开来的碎片的光
与每一只蝴蝶之间的差别。
并扑捉到蜘蛛
在树枝和树叶之间连起的闪光的细线
一会儿明亮，一会儿隐没。

神识从来都是如此自显：
圆日挂在雪霁之后的枝头，
飞鸟闪现于水天一际，
其实都是某一只虚空的蝴蝶在飞。

角度转动。被露水浸湿的
蜘蛛编织的墨绿色的线，
与意识内部金色的光线重叠，
从虚空的某个角度看，痕迹消失了。

这个时候，我已经越过了这棵树。

在寻找到耀缘师人声的地方，
进到水势翻腾的巉岩高处。

觉受到另一只蝴蝶，
并未为神识所左右。
或者它比神识更具有
光的力量——
它可以撞击、粉碎岩石，
然后让他们成为空，
或者再次成为岩石。

它回旋在自我的深处，再深一点的
深处。
在那里它发现了一只更耀眼的蝴蝶，
并取代了这只蝴蝶。它在
这只蝴蝶里穿透了山神、鸟神的
空的身体，
以及他们的众多和唯一。

在视力未及之处，蝴蝶翻飞
拐弯，进入看不见的蝴蝶秘境。

它从水进入水，和水的反义，凿穿
并空置。
它把众多的蝴蝶穿透为颗粒，
然后让每一颗，颗粒，非颗粒
再次成为蝴蝶折返到我的手上。

9

我依然清晰地记得耀缘师曾经
让一只蝴蝶扑动着，
悬停在她的手上。
这一刻真是让人赞叹，
蝴蝶回来了。
最后一根蛛网，从大脑的深处
凭空脱落。
所有的蝴蝶松开了它们的结。
树枝松开了它们的勾连。
众多的树叶还原成一片树叶。
一片树叶还原成一小把光。

这是虚空界，意念的蝴蝶

飞出的蝴蝶状的光。

横条和竖条的光线出现，

随着蝴蝶的变化，它们也变化为

璎珞状和鲜艳的锦缎花纹。

当然，它们也可以变化为人形，

鸟形和狮形。

这取决于人的本身，拥有的

是人眼、鸟眼还是狮眼

抑或是一只蝴蝶的非眼。

2017 年 8 月 11 日，2021 年 12 月 14 日

冥

白雪在冰的眼里睁开眼，

这入定的白色。这冬日清晨的浩浩的浓雾。

身体提前一秒打开，

冥还沉浸在冥的自身，它的喜悦

总是比时间晚上那么一会儿。

冥沉浸在这冰的喜里而流水倒流成婴儿。

冥醒来，在北京时间是早上五点，

在 2560 年前的菩提伽耶，

是两点一刻的嗡，两点三刻的吽。

在太平洋是云溶溶曳曳，水潺潺湲湲。

在公元 3 世纪是用黄金、玛瑙和珊瑚

裹住的一句巴利文的颂词。

在九华山的时间是醒成一根山竹。

冥，坐在山竹内心的小木屋里。

冥坐在小木屋的小木屋里。比小木屋

还要小的小木屋里。比小木屋还要小的

小小木屋里面，比小小还要小的微尘小里面。

耀缘师打电话给仙女座。一座死寂的星球上

一颗冻得瑟瑟发抖的微尘，在清晨醒来。

"微尘你好。这里是观音。"

2016 年 12 月 6 日

竹的奥义学

你永远不可能知道竹子的上一秒，

与下一秒有什么区别。

但"不知道"，并不代表我不在此处：

我在。或不在。竹子还是竹子。

竹子挺立在九华山狮子洞，

有时候，它真的叫竹子。

有时候它神情恍惚，称自己为释耀缘。

有时候它真的用数学的方法丈量奥义学：

蚂蚁身长 3 毫米，蝴蝶身长 2.5 厘米。

白天的虚空长 3 米宽 2 米，

夜晚的光明长 2 米宽 3 米。

今年比去年多 11 米。竹子长 2.7 米。

静处一室，神识能出离的距离是 51000 米。

有时候丈量 2.7 这个数字的神秘感，

"秒"比"米"更准确。比如，

空谷里的鸟叫，穿过树梢

把声音传递到树下落叶的耳朵里

时间是 2.7 秒。

日影从倾斜的土堆，移到青苔上

恰好用时也是 2.7 秒。

某天，雨落进骡马的眼。

从滴下到进入，它使用的是 2.7 米的"2"。

同样的雨，落到竹叶的反面

夏天的初阳，把竹干照得

像洗得干干净净的黑暗。

它用的是 2.7 亿"光年"。

这是一个天文学意义上的比喻：

有些事物必须经过漫长的等待，

才能看到结果。

耀缘师：永远不要把自己的界限，

放进一棵竹子的身体。所以，

有的人竟然可以看到 3.7 米的竹子。

那多出来的 1 米，恰好丈量了虚空的高度。

竹子有时候是 1.7 米，

有时候是 3.7 米，有时候是 7.3 米。

尤其在夜晚，萤火虫萦绕着竹子

把银河系的火树银花，

偷运到这里。

如果你有能力看到 7 只萤火虫，

就可以把虚空的界限，

在 7 厘米的窄里，扩展到 7 个人马座之远。

所以，在竹子还是竹笋的时节，

我们称呼冬天的雪为宇宙的萤火虫，

称呼花岗岩为蚂蚁而称呼蚂蚁

为一颗微细的名词。

最终，我们统称所有的竹子为释耀缘。

2016 年 12 月 6 日夜，12 月 7 日凌晨

登

5:24，车子进入半山腰。满眼都是云海

远远地看见黄石溪村，一个人也没有。

5:31，多罗那他在 1610 年夏日傍晚，

同样的时刻，在他写下的一本书里，

提到天空响起一阵雷鸣。

5:35，大雪开始下，我喊你的

声音，被冻住在 5:36。

耀缘师：5:37，我在山上等他们到来，

却等到了这场雪：

雪下了 11 分钟 11 秒。狮子洞

在暮色里入定了 11.11 个雪的时间。

大雪持续越过 11 分钟 12 秒，越过了 5:31

下到 7 点，下成一个巨大的峰回，

我们在接近路转的地方迷路。

三天之后，大地回暖。耀缘师总结道，

如果我们没有在 1 月 24 日决定登山，

可能就没有这场雪。另一种可能是，

在 1 月 26 日登山的这些人，

他们从某个九华山的某个黄石溪，

攀登到这个狮子洞可能的这场雪。

7:24，我们在山顶看见耀缘师的灯光，

雪已经静止。一轮那么大的月亮。

好像所有的雪，都下到了月亮里。

2016 年 12 月 7 日

发动机

谁能承受得了他的坠落啊，
他在枯萎里汪洋，在
旺盛里注入了无计量的无边。
我在清晨薄雾的山野之间漫步，
听见水流流到岩石上。
过去几日，大尾巴鸟五次里会有四次
落到玉兰树冬天光滑的枝条上，
但是今早它越过了通向天台的路，
落入水势大如雷鸣的
山坡上面，那里草密枝乱。
鸟叫的时候整个人被移出了镜子，
山猴踩飞了一个石子，
空气的声音像发动机，
我已听到他更细的动。
他在动，并已突破了！
只有菩萨才会达到这种自由：
当他为草木的时候他也是草木的灰，
他落下就赋型。

他让落从草的不绿过渡到雪的突然之落，

午夜 0:41，盛大的雪意带来了

天地之间的仪式，星星——

我手中握着的一把银杏树叶，

它已不被它的外形所束缚。

它更像手掌中还在扑腾着翅膀的

一只远古的雪花状星体。

2016 年 12 月 10 日

颗粒琴

从群星的阳台，

折射到灰喜鹊头盔上

一道灰光。狮子洞，

暮色升起，有一只手

把"左边"调到晦暗的频道。

万物，包括竹林银色的帆，

被折叠起来，用密码编号

放进了事先准备好的

"右边"的空间：秋天的盒子。

唯一的例外，

微光照在左边第三根竹子，

把她照射得像一个修长的天女，

她似乎一直没有醒过来。

光影移动，眼帘垂下。

你感觉到她有可能会是一把

宇宙的琴——被制作出来，

还带有刚完成的液体的余香。

以至于你完全看不清她们。

云豹的喘息停下来。

野玉兰也在运动中等待。

但这一切与她无关。

耀缘师关闭了一道门，

转身进入另一道门。

她把树叶状的自己，打开

从她的无我里，

取出一只小琴盒，

从小琴盒里，取出另外一把

你没有见过的颗粒状的琴。

琴得发烫。

她擦去了蒙在原子上面的灰，

肉身的眼闭上，琴的眼打开。

然后开始她毕竟空的弹奏。

2016 年 12 月 11 日，2020 年 4 月 19 日

水神

它们悬挂于天空，没有所依
而能任意捏造自己的形状：圆的
绵的，厚的，中空的，长角的，咸的。
在山中待一日，会有一种强烈的感受
雨是世俗之物，云是天外之物。

雨不表示反对。但会呈现它的想法。
比如，雨遇到树叶的阻拦
会发生折返，猛地向虚无中
用力一撞，在空的尽头
雨碎裂为更小的雨珠，
没有因为减少，雨失去它的完整。

如果多住几日，比如我从12月27日
住到1月3日，看到了
雨沉默如行云流水的变化：清晨
一夜寒至，水结为冰。
云从遥远变得如此清晰，

伸手可握。摸上去还是烫的。

水的暗示是，煮流水而求冰，可也。

那几日的时光，我感觉脑神经

都变成云状的。

山上七年，耀缘师已把狮子洞

从春山住到寒水。

我问她身心变化几何？师答非所问：

山上有水神。

夜。清凉如水。模模糊糊感觉到

梦中的一团水。水的人形。

水神是圆的。

2017 年 2 月 27 日

空山问答

你写下：燕子已飞万重山，衔来一颗青稞粒。

我问：是燕子飞过万山还是

万重的山倒退着，被吹进小，小成一粒青稞米

燕子看见燕子眼瞳深处的一个黑点？

隐去的一定是山？

还是有更温柔之物，沿着时间的剩余

上下爬走：在高原，我记得是去年，

看见一个人背着冰镐在凿冰面。

他想从水下借点光。燕子飞远

光映在天幕，人空旷成无

群山邈邈，像天女手指里的一根弦。

问：群山演奏之时，是否刚好从一万零一座

山里，拎出来不是的一座？

现在你写下这个句子：我拎起一座山。

也许你写下的只是一个句子。

也许不是你在写，而是燕子在飞。

你拎出的是一团云气，巨石，兽鸣，叶子下坠

那翻卷之物。泥巴糊住了你的眼。

眼把藤蔓缠绕起来。

今夜睡在青稞粒。梦见自己光亮亮的

脑袋，在睡之外长出了树叶：

我是释耀缘，我是空山。

2018 年 3 月

竹林三贤

竹子是不可数的。

从黄石溪往上到骡马道，直到天台

遇到竹子的概率大于

大尾巴山鸡遇不到浩渺的机会。

耀缘师说，三棵竹子之内

光阴是可以虚度的。

你只要数到三，光阴就会有个入口儿。

三百棵竹子之内，

宇宙秘密产生了水声。

并用鸟叫模拟了光在一个水雾状的星球

和一只黑暗水蛭之间走动的脚步声。

三亿棵竹子的上面是别无他物的

水白，灰白，绿白。

白的上面是饥渴的沙子，

和飞行的头发在时间里飞行时

发出的摩擦声。沙沙。

三亿并非三亿。也许

只是三只猴子在清早闯进了竹林。

竹子在狮子洞今早喝足了水，

他们站立在 8 点 11 分的亮光中，

突然产生了一个观音的想法。

2018 年 3 月

返魂香

我正在给雨水写信：今天请把 150 吨水
倾泻进狮子洞，让丰的 11 条密道
连通到鸿章师兄的 11 个痒，让桃树、梨树
玉兰树的原来，入野茶树的已来，可好？

雨水回信：甚好。雨夹雪。
一共使用七个词语呼应了
竹林的口气，口气里吹落出 50 种
吐词：每一种美精确到腰椎骨 0.05 微米。

叫作放旷的竹叶搭在无涯的肩膀，
但并不会全部抱住。正好让烟霞竹叶接受到
从寒坐树顶透下来的不亮，
树枝微凉向左伸高些微，树枝荡荡向右，

让一切看起来没有被精确计算过，
只是突然就生长在那里，正好长到了 7。
在画眉鸟甲没有飞过这里之前，

将会有 25 滴露珠滴落到无处的额头。

雪回信：香浓、色嫩，吾春雪也。
今天隐隐有出尘之想。
夜气清，云磨天色，风吹雪沫
水限制在冰里，冰的不动，冻住了鸟的一天，

一天已经过去了好多天。
行云的丰富里，暗藏了虎、豹、狐、雀的
变化，如果流水能流起来，就会从鸟
穹顶的羽翼里冲出它的外形，

冲入梅花的开放。梅花再能开得稍微
自我一些，就会开成一个梅花仙女。
如是如是，仙女可能自问，我是谁？
1 月 31 日，耀缘师来信。返魂香。她说。

2018 年 3 月

论一棵树的三种形态

12月20日，我梦到过一棵树。
树上有三只地球孔雀、白鹤和鹦鹉。
去年11月29日，我在狮子洞见过
同样一棵，眨着眼睛，带有蚂蟥
地外文明的芬芳气味在千棵古玉兰里。
谁知道我现在描写的是哪一棵？

此刻，如果我从这棵树里
走出来，我将是一只孔雀。
而如果我在见到孔雀的一刻，
又像一只白鹤一样飞入画布中，
树将在多个维度呈现了这画面——
白鹤终将长成气态物质的样子。

感受到树叶意欲飞翔之时，
恰巧会有三只鹦鹉降落在树冠。
黄昏的狮子洞，最后一缕阳光
照亮其中两只，另外一只

在缝合的暗影里显得格外耀眼。

耀眼如炉子里的雪。

一棵树从来不指望在一个

致密的炽热里遇到你。

每一次，从梦里召唤出来此树，

我总是竭力想从它的壳里飞走。

每一次，宇宙大膨胀无休无止，

整棵树，要从我的体内飞走它自己。

2018 年 3 月

宗教事件

树叶不了解微光的意义……
乡村，夜晚，一辆越野车闯进树林
一个隐藏在树皮里的蚂蚁窝，被撞飞
如此，蚁王如此理解整个事件：
它倒扣下来，在仰面坠落的一闪中
第一次，它瞥见头顶之上
竟然还有一个模糊的，六边形的空间，
它被他抓取，他吸纳了它，它被他
碰了一下，又碰了一下。

2018 年 3 月 15 日

通往瀑布的路上

当我们并不知道它在。

它是静止的。

在密林里，之前，它是一个太阳落山的

死者。

然后它一把把我们从路边抓过来。

我还没走近，它就开始转。

它甚至是一个狮子吼的，发射中心。

当我惊叹——看哪，一个它！

它从涡流里飞离出来呈上庞大的力，

它使我们更像一个基地而它

换了一个姿势。它飞了

（我们也在飞？）

当我在想"这是多么大的拥抱"？

它的转带动了树叶的卷，螺旋桨蜂鸣。

它溢出了所有的能量使自己

像一个圆。

事实是，圆比它小，没有它

开得艳丽和饱满。它是一株开花的圆。

我摘下这枚野浆果。

2018 年 12 月

二祖煮雪

煮沸汤而觅雪。

开皇十三年三月十六的

雪，是红的。我的血是白的。

煮。是一个重复的动作。

梅花落下来，红蕊从隔世里舀来

一瓢宿醉，肉和血模糊成烟树

开成花，落下

再把黑色泥浆染成红泥。

诗意呈现，文人上场，梅花借此

煮了醉在梅里的人，

观众叫作红。

沸是一种俯冲的动作。鸟

从树冠俯冲下来，飞得太快

就飞成一块河边石卵。沸也。

水在某一次的枯坐中，

儒生姬光观察到清晨的光亮中，

一滴寒露从打了卷的黍米叶子

滴下来，"又一个神识从地狱里
被捞了出来"。腾也。

"我去会一会这个灵魂。"
儒生姬光随即变身僧人慧可。
那时他还不是大师，默默无名
但"僧"这个动作如此之大，
肉身沸腾，魂魄战栗。
花朵在高密度的狂喜中，
大量地，神经质地从云端
搬运下来雪。

雪入器，汤煮沸，而成气。
不见雪。
"雪是一个暗门。"
慧可大师写完最后一个雪字，
哈哈大笑，掷笔于地：谁人识雪？
从此雪可入彼雪，由此生
可入来生。雪字既已写成
"万物奔腾转换的门已打开。"

县令翟仲侃从幽冥之中踱步走出。

"现在该我出场。我知道接下来

你要名扬千古。我知道

你的血是白的，头颅和身体可以分离

神识可以控制水而任意为云或雨。

但是我要把该我玩的由我玩完。"

县令大手一挥，砍吧！

刽子手有点犹豫：砍？

是释放一个动作，还是命名一个词？

县令：这是一个隐喻。你再转世为

一朵桃花，当会了解此种深意。

砍。刀砍下来。

被砍的物，一分为二。

而刽子手与刀，刀与一，已经

于雪没有分别。这雪下了一千多年。

野史描述了"二"如何最终

回到"一"：暴尸于城南荒野，不腐。

尸入漳河，盘坐水面。

后数日，全城的人出门赏雪。

"我已经数万次，观看这个雪的

动作。每一次都战栗不已。"

后世的人，大多忽视了县令在现场

内心深深的震撼——

而一直纠缠于这场雪，到底是谁煮的

觅雪的人，到底看到雪了没有？

2017 年 3 月 11 日

虎人

血喝光了，甜出现。
胸腔里的血是梅花的甜，脚跟的血是树枝
在清晨遇到梅花鹿的甜。
心脏的血是一个漩涡的甜。
漩涡的甜里是一个望远镜看见的湖：
湖也在看着你。
虎喝光人的血，花纹
映射在湖面，
虎身上斑驳的光影，
它看见天空这面更大的镜子，
起伏并晃动起来。

"一开始是害怕，现在是意乱情迷
我已经中毒在这个人肉体的香里。"

肉吃光了，光出现
人的骨架散开来，从一团明亮的虚空
缩小为一团缩小的空。

之后是幻觉。幻觉里，
发生了几种震动：
或涌或没，或吼或轰。

真实的老虎注视着这只和他
长得一模一样的镜中老虎，
感觉到万物，如果离开眼睛的注视
两只老虎可能就是一只老虎。

它意识到自己不可避免地
将被吸进这只虚幻的假虎里。
它进入他自己：当他再度出来
如果想走，已经有了人的脚；
当他想说，已经可以说出人的语言。

他向着自己鞠了一躬，并把
自己置入一种巨大的辽阔和神秘中：

"谢谢虎兄，别来无恙?"

2017 年 2 月 20 日

冻髭

公元 826 年的冬天当周贺赶到寺院时，
闲霄上人已经死去多时。
天气冷，雪溃败一地，
他全身剥光，僵直地躺在木板床上，
阳具耸立得像一个"壹"字。
清洗身体的僧人们驾起松枝烧了起来，
火，从空旷里移走了整个身体，
依然为我们保留了这具尸体
活的形状。周贺并不觉得死
是一个物质消失的问题，问题是
假如死是一首诗，那没有写下来的诗
算是一首诗吗？

到底谁是诗？谁是尸？
这也是雪要问水的问题。
周贺说，王君，快烧水，给我一把剃刀

他已经死了，死去了整整一夜，

而他竟然长出坚硬如铁的冻髭[1]！

2018 年

1　冻髭语出唐朝诗人周贺《哭闲霄上人》："林径西风急，松枝讲钞馀。
冻髭亡夜剃，遗偈病时书。地燥焚身后，堂空著影初。吊来频落泪，
曾忆到吾庐。"

西藏的太阳就要落山了（组诗）

观音寺

1

一个念头冒出来，雨下到了
更远的喜马拉雅山麓。站在 5100 米
搂住 4000 米连绵的群山到怀里。
雨还从摇曳的酥油灯，一直
下到塑金菩萨的内部。一个小喇嘛
重新添加了酥油，被擦拭得铮亮的
金刚铃，当它说话，它说出的
正是寂静想做的，它说出了一个蛋。
蛋：蛋在口型上，念出来，蛋是雪。

2

雪就沿着这条彩虹向回，
下到云杉在成为云杉之前的
某个时刻。在某一刻，
雪于无人之处放下了它自己：它是雨。
如果雨接着向回，下满整个大渡河——
四臂观音就会从他的铜鎏金塑像里
走出来。

3

感受连接向四周的、向意识深处的
脑内大气层。三十三重天，
氧气稀薄……空间在吸入眼珠，
身体消失，枝丫蔓延，绿，
坐在视力的尽头，开成光的样子。
眼会连接到耳。耳会连接到嘴。
嘎巴拉碗的嘴连接到"4"的嘴。
冬虫的嘴连接到班达拉姆的嘴。

时间连接到蓝。蓝连接到空。

雨从一个空下到另一个空。

飞下成眠。三点的牦牛被重新下成

头盖骨睁开了眼。雪松下成虫茧。

如果念头止住，雨就会在时间

重建寺院的地方返回变成雪。

龙多上师咳嗽一声，

敲响了观音寺的大钟，随手关上门。

2016 年 11 月 29 日，2021 年 11 月 23 日

在海拔 4000 米听见歌声

她的两只黑色辫子用红绳扎着，
乳房下垂，前额已经长出银发，
就像从身体里奉献出一个偶然的少女，
她用歌声……在 4000 米海拔的高原
赋型出一只巨大倾听的耳朵。
而我们则是那耳中的空旷。
我们模仿她，却不得要领。

2016 年 11 月 29 日

嗡

丹增上师把手放在我的头顶，

说，嗡。小院的墙体是临时搭建的

无法辨认当年，在砌这堵墙的时候

是否利用时间的把戏，从动物界、植物界、天界……

借来了如此多的喇叭，他们轻唱：柔柔柔柔

在低音区，那些缺席的巨型山体，盆骨，铅

干燥的眼和玻璃语，真的被揉平了

2016 年 12 月 1 日

灵鹫飞过雀儿山

藏族司机扎西，

他要从成都开车去马尼干戈，

他说，就算我把羊群开得生死白茫茫，

用 40 码的速度也摘不到 6000 米的星星。

车到雀儿山，神丢过来两三只灵鹫，

神情倨傲地飞过天顶，天顶太蓝了，

呔的一声，司机扎西大喊起来，

如果我直接开到那蓝里面，你们还付钱吗？

2016 年 12 月 5 日

谒山

身体来不及反应，轰然
一座山矗立在冈底斯山脉的中央。
渐暗下来的雪山河水流过山谷，
从人间蜂拥过来的这些人肉，

云上面还有可见的云梯，
接到冈仁波齐的峰顶呢。
是不是要试着爬一下？
在这个人神交错的时刻，

肉体虚无地、猛烈地预感到疑惑。
但一切都不可知。
只有残存的微细之识伴随着这种
直视、孤寂和不由自主的干呕。

没有人证明我们在面对巨大之物时，
是否真的到过现场。

对应于想飞起来的忧心如焚，

他会有一个短暂的愣神儿。

2017 年 12 月 17 日

去塔钦的路上

左边是没有雪的雪山。

孤独是黄色的，加进黑。

铁锈色的山体承受了高处的高冷。

右边是黄褐色的草和没人的沙地，

从黄到鹅黄、红黄、绿黄，再到霜黄

一排的念头和密。

孤独越来越荒。脑浆很凉。

2017 年 10 月 21 日

阿里的月亮

在 4750 米，荒原露出脑垂体

巨大的花岗岩坚硬无比

车到札达县城时已是凌晨

坐在山顶的是月亮不是我

2017 年 10 月 21 日

郭仓巴大师

我在止热寺的内部。

我坐在郭仓巴大师曾经坐过的山洞，

想获得那种体验——

身体没有了，宇宙的信息啪地涌过来，

意识变成一堆粉末。

周围坚硬的岩石被香火熏得发黑。

我一直等到有人也挤了进来。

无奈，我们继续朝着巨大的山体进发。

2017 年 10 月 22 日

止热寺问答

秋天来了秋天在山上捡拾石块。

你问丁增活佛：为何在如此地球的峰顶，

光从此天体的中央打下来，

没有人站到正中间的位置？

丁增活佛：倒影，我们只是一个倒影，

你要试着倒过来看这个世界。

2017 年 10 月 22 日

卓玛拉的石头

在 5600 米的高处，我对野哥说
看哪，这些山顶的石头
他们在修苦行

汉语中的词，无法表达这种明亮
日光强烈，白雪陡峭
风在进入某种极乐的状态
鸟像礼花一样地上飞
随便一把抓住什么，都是你想要的

2017 年 10 月 21 日

卓马拉垭口

那种时刻，大风呼呼吹得头发竖起来

高原的压力挤破毛细血管

此时谈到灵魂是没有用的

灵魂被吹得比影子还要单薄

神最初使用自然的语言描述冈仁波齐

后来他使用梵文，后来使用藏语

现在他使用汉语，我得到的反射是

四周虚空，阳光刺眼

2017 年 10 月 22 日

喘啊

秋阳浑圆，羚羊肥硕。

同样，你必须使用意识深处自动呈现的词

来描述你产生的幻觉：大地起伏

风大得只听得见一进一出的

呼和吸：呼出的是气，吸进的也是气。

客体照亮心灵，但一闪而过。

2017 年 10 月 22 日

天梯

秋天的仪式上已经没有绿。

绿在时间里用完了自己，

并从自身拿走了

有光影的部分，剩下灰。

黄，比羊群变得更淡，

更适合去暗指一句简洁的经文——

死亡快如剪刀。

红越剪越红。

从止热寺迎过来的喇嘛上师，

会意过来一个念头。

词隐，

山现。

而手献上的是哈达。

好大的白。

我看见我依旧

虚幻地站在寺院的天台上，

我没能走到那上面。

2017 年 10 月 26 日

在托林寺观看壁画遇见阿底峡尊者

我和他直视。

我们用丹砂和石灰白交换时间的语言。

"蓝"交换的是"我"。

"白"交换的是"二"。

所以，在时光之中，他所说的意思是：

"我是阿底峡，我已经来到。

藏刺柏的花还会第二次开放。"

2017 年 10 月 21 日

在托嘎雪山

羊在山坡吃草，青草长出雀斑。

一个人爬到半山腰，想要大哭一场。

秋天很干枯秋风吹到石子的肺里。

出门遇到牛粪据说是一个好兆头。

卓玛家的母牛生小牛了。

2017 年 10 月 21 日

5630 米的蓝

如果我在 5630 米挑选词语。

哦哦一切词语都起源于色彩。

一切色彩止于蓝。

蓝。属于 6000 以及高于 6000 的高远：

神在上边，占据了"白雪"这个词。

在上边的上边，中央

空虚之处，佛把"蓝"

显示得比白雪还要白雪，一种

白雪的空和满盈。

5630 米的蓝则是荒凉——

满地乱走的黑色石块。

象征金刚手的神山，

只是一座死寂的塔。

人是山的荒凉的、行走在路上的

影子。山是影子荒凉的词。

他行走，就是从荒凉本身

抽出荒凉的色彩：

内心感到一道黑影。

一道黑影的神识振翅成为一只黑鸟，

贴着 5630 米高的词飞行，

使"飞"看上去像白雪那样耀眼。

噢，有时他会飞得低一些，

低过了冈仁波齐山，低过了一只

刚好伸过来倒酥油茶的手。

这时皮囊其实已经启程，

在拉萨远望已经消失在词语里面的

那种似曾相识的

蓝的满地乱走。

2017 年 10 月 21 日

路过天葬台

意识有六个边。边还会有缝。
山有一个或无数个秃鹫的尖。

拎起我的脑袋撞击这个巨大的球体，
宝瓶在空中碎了。死有四个塔钦的入口
进来，漩涡相连的地方还是雪。
雪下或不下，
生者和死者都被搅拌到一起。
清澈的部分一路狂奔到这里，

到这里就轻得飘起来。
浑浊的部分沉淀下来就是连绵的大雪。
两峰交错的岔路口，被下得痕迹难辨。

漂浮的物疼得会弯下腰，
弓成一把箭的样子。
失去了言辞的嘴，重新
练习"蛋"，或"断"的新念法。

死到半口气的人念蛋为"ya"。

呀的一声，月亮关上门。

以死为生的人说不出话，

他的嘴张到"o"的形状。

你可以说就是这个意思，欧耶。

或者说是一轮落日，此时

落日冷得比平时瘦了一圈，但依然很圆。

一具皮肉就像一件衣服被脱下来。

神识，

白得像雪。热得像一团蒸气。

连绵的雪山和成打的众生被唾沫粘在一起。

到处都是死。

无论我站不站在这里，

很多年以后站在这里或者六个空行母的

时间之前，曾经站在这里——

我都是一缕烟。

2017 年 10 月 27 日

菩萨的羊

他必须从时间中召唤来足够多的眼。
收进这些颜色。

草青白，土褐黑，沙漠黄，戈壁黄。
乱石黄，绒草黄。
山石的黑白，雪山的灰白，云的棉花白。
草黄里裸露出来观音的青白。

在一大片碎石的山坡上一撮一撮生长的高山草丛
他们摇摆起来说话的口音有六个弦。

云层投影在大地的深黑。
之后，云被光穿透后底层的淡黑。
荒原上像大黑天一样的天黑。

草甸之间雪水流淌的墨一样的亮黑。
青色的湖水透着深蓝的山峦黑。
绿色的湖水反射着

来世在镜面的白光黑。

所有的黄，在时间的霜里一定会出现的白。

所有这些白都是文殊菩萨的白。

他有那么多的羊放牧在山上，

它们都是菩萨的羊。

2017 年 10 月 27 日

日落时分

在繁星出场之前，

野牦牛正在跨过草甸。

野牦牛跨过草甸突然奔跑起来，

是因为落日突然奔跑，

去追赶远处，正在跨过山冈的僧人。

当人溶入秋日的黄金之中，

成为一个金黄的人——

牛在微光之中的奔跑，

把金黄跑成了乌黑；

把一只向尽头狂奔的牛

跑成时间的……持续，持续中的

一只稀薄的牛，秋天沿着草茎

已经跑到草尖的尽头。

西藏的太阳，就要落山了。

2017 年 10 月 27 日

幻化

神情恍惚中，我和山互换了位置——
无论怎么飞，我也飞不出。
我飞在我不能为鸟的不能里，
大地为牢狱。

而鸟无视人的软弱，
它黝黑地睁开鸟眼，

要把整个山川吸成一个肺泡。
然后，会听见尖厉的
鸟嚎一样的笑声：佛！
吽吽啪得，呸！梭哈！嘎嘎嘎！

2017 年 12 月 22 日

寂静书（组诗）

论十一种寂静

高山上的寂静和

汽车一闪而过的街角寂静是两种

不同的蜜：高山雪水吃掉了舌头和源头，

舌头是神的蜜，有麻晕的痒。

街角的蜜是灯晃过来想哭的肆意……渴。

空谷里一只瓢虫的房间住满了风。

夜晚整个星宿的玻璃都被打碎了。

连续十一次目睹天空弯曲出现的缺氧……

闭关房外，燕子掠过，树枝被碰了

一个行星相撞的怀。

灰，雨结束了，一个人在高原孤独地自闭，
连续感受到十一次的惊叹——真令人惊叹，

她在蟋蟀的歌里种下了十一种的
寂静吹口哨的方式。

她在等着第十二种的到来。
当她死去，她把第十一种寂静
一直保持着青草的形状，
……每一年都会绿。

2017 年 12 月

词语瑜伽

定。许虹师兄说：神识，
其实是可以操作的，比如现在
神识把自己观想成
一只虫子，

然后真有一只虫子（就像炎热夏天
树叶背面的那种蚜虫）
从被观想的莲师右手的金刚杵
（这是一棵树吗？）
钻出来。

是河边怪柳？岩顶雪松？
一个环在闭拢。感觉到
果子已经熟了。
有个物生下来。

一只明亮的翠鸟直奔头颅而来，
头嗡嗡直响，像一口想说话的钟。

钟：我想说的是嗡。

嗡——鸟啄开壳，露出物的

雪白的肉体。

或者说是一只雪白的嘹亮的鸟

唱出了声音的第一发声：

蝈蝈。蝈蝈。

声音开始成批地出生……绿蝈蝈

一只绿蝈蝈振翅从喉结的

泉眼，飞翔至胸腔广袤的虚空。

天地有大美而不言。啊——

树回应，发出这样的回声，

词因为鸣叫而发烫，由绿变红。

第三个音来自另一只更大的母蝈蝈。

它闪电般从树底跳出来，

入心。拖着一只褐色的长刀

（蝎子吗？尾器刺入尽没）

产下米粒大小的一颗卵。

卵：蓝。时间有一只巨型的手。

树，鸟，虫。声音益发发亮。

吽：这是海底的腹腔涌上来

岩浆状的合唱。

虚空在融化……白红蓝，没有了。

2017 年 8 月

词的上师

一个念头捕捉到一个词。上师
裸露出来。
汝意。云何。莲花像燃烧的兽。
须菩提，你骑的狮子在哪里呢？

狮子想要发一个誓。
一群狮子的誓言是整片松树的松针。
里面藏住的全部狮子都跑出来，
灰尘全部被吹干净。
最发光的是水母：咬住星的嘴。
词裂开，露出每一个星体。
我身体的树木，到处是水。

吽欧坚耶杰呢向灿——时间在飞逝
鸟飞回他们的鸟窝，
多飞回到一之前。
哦上师知：一的开始，
并不是下出蛋。

哦上师知：起初，鸟蛋只是一团柔软。

有一种力量使用了第一个词：吽。

开始成形的物质，嘴吃下空间。

贴着大海水飞行的

眼。王的国。西北之隅的聚集。

啊啊，好炫目的光。

啊啊上师知：如此可怕的力——

一旦一种力量大到双目失明，

它就是神的力量。

但明显有高于神的，炽热的情感

凭空出现。

哦上师知，祈请啊祈请。

词，不是向前或向后，跟随时间。

词醒了。

它冒烟。它敞开向它的

内心，沸腾。祈请啊祈请。

巴玛给萨东波拉。他说：我来了！

我已到达你！——你看，

莲花盛开。你看

他端坐在那里。他们环绕着他。

咕噜贝玛色德吽：瞬间，他就是你。

瞬间，你端坐在那里。

哦上师知：我消失。我消失。

2017 年 8 月

顶礼

他在。他在朵玛里使用了非朵玛的时间。
他来过，离开，又回来。

他带领我们穿过回形的走廊，
连接的光链。圆。一闪而过的红。

门关上。他说了很多，什么都没有展示。
他把我们留在滔滔不绝的"说"里。

他在时间里穿针引线。
让蝴蝶的心大到山峦的寂，让云

垂下来因为高原的底部在下雪。
他说过某句，"山"因此被赋予鹰的形状

时间还没有开始，他已经结束。
他把时间中的他塑造在酥油花的幻中。

他在等着酥油雕刻的法王如意宝完成。

然后他站起来，从镜子中抹去这一切。

而彩虹也拿走了镜子。彩虹……内在的图像。

——顶礼大恩上师彩虹。

顶礼大恩上师寂。顶礼大恩上师针线。

顶礼大恩上师鹰，从内向外吹的雪，花。

顶礼大恩上师红。

2017 年 8 月

金刚瑜伽母

进。出。玻璃挡住了眼
呼出的气，穿透了墙壁。
突然停下来。
一声碰铃来自某个延展的空间
偶然冒出的泉眼。
清晰、赤裸的红勾勒出整个轮廓：

眼越来越清晰。梦是假的
而梦境中的
清晰的红和酮体，
活了过来。
哦梦中的本尊，火焰空行母
哦我把我供养给你，金刚瑜伽母。

词的供养越大，红加持的空间
越大。这空间敞向我。
金刚钺刀，意思是：断。

断——默念一下，陌生的物涌进来

被镜子的眼全部收掉。

只剩下我赤裸。我以这赤裸沉浸于红，

右手握到了她的颅碗。

这容器：盛满爱欲激情的癫狂和大叫。

把她的左手拆下来给我。

把她的脸安进我的脸。

把她的身体装进我的身体。就像

一束光融进了另一束光。

她在。我已是她。喜啊。

或不存在喜。半静半怒。

跟着她的头发向上像

火向上飞升。我不在了？

哦梦中的本尊，火焰空行母。

只留下空旷的黑暗中火红的

嘎嘎嘎的笑声。

如果她在，我就不存在。

如果她不在，我亦不存在。

哦我把我供养给你，金刚瑜伽母。

2017 年 8 月

纳波巴[1]寻找母亲

纳波巴是一个印度人。

他出现在地球时释迦牟尼已经来过。

他们并不直接认识，因为纳波巴惦记的

只是一只虫子。

虫子？从爪子的高度看

（他真的能站到这么高）

地球转了一圈 24 小时，是一个虫子

又钻出了心眼。天黑了

所有亮起的灯都是虫子在春天拱来拱去。

有一次，他的神识也曾把他的肉体

捏成一团塞进了牛角，他躲在里面避雨。

地址：银河系地球有限公司；

收件人：像气体一样漂浮的一个人形物；

母性。善。泪水的满月是孤独的圆；

脸部的褶皱装得下七座山峰的有限。

纳波巴向每一片树叶、每一条蚯蚓

—————————

1 　纳波巴，佛教论师，生于东印度欧提毗夏，纳兰陀寺的大学者。

发出问函——你认识我的妈妈吗？

他穿越了一千多公里、无数个混沌的
迷惑，数次迷惑里的阴晴不定，
然后他来到藏地。
请小心一点，他说。他向一个铁匠
鞠躬，合十，像小鸡啄米。
铁匠并不同意他的观点。
地狱，更不可能就是这个要锯开的铁球
只值半块银子的工钱。
煳状，铁匠想，地狱最起码应该是
烧煳了的东西。
他举起锤子，容器一下就裂开了。

一个不存在的空间隐去了，代替进来
一大团喜马拉雅冰冷的气流。
底部：黑色、蠕动、柔弱无骨
发出低声的火花状的呻吟——
妈妈，这是我的妈妈，纳波巴
对着虫子大喊：看，她似乎还活着！

2019 年 2 月 1 日

咕玛拉扎上师梦见鸟

我读到：春天，龙钦巴尊者回到桑耶寺。

龙钦巴尊者：我获悉伟大的上师古玛拉扎

正在亚砻山谷，他即将做一个梦。

亚砻山顶的松球：雪化了，我可能会落下，

我落下来，还能砸到雪。

游客甲：当我们登上半山看到冰川时，

我和大师兄，阎王，小妖精

决定自己沿小道向山顶出发。

古玛拉扎上师：某年某月某日，早 8 点

醒醐五味，队员们准备先吃早饭

等待昨天掉队的蝴蝶小高，

然后入住藏民家庭客栈，老阿爸同意

属鸟的，可以每晚 15 元。

梦：我看见了这个人，他的红色的

喇嘛服，大约春山了 15 只红嘴的鸟。

鸟：我梦见我猛烈地撞击这个梦，

一直到把冰的玻璃撞碎。

我飞向梦之外就像古玛拉扎上师

迎过来抱住龙钦巴尊者，

他就像捡到了一块宝。

2019 年 1 月 15 日

青扑对话

1. 对话与孔雀

龙钦巴尊者在青扑传法的时候，
现场有一位大师的弟子，
一位瑜伽女，突然被一髻佛母附身。
她的恒星眼变得空洞，转轴
冒出氧气，吐出的词有银色药材香。

一只在空中无所依的瓢虫可以
深邃地辨认出哪一种涡流是气旋的
哪一种是意识聚集的。
尊者说，现在，她是日光的总和
让我们飘荡起来吧。

而这位化身的空行（也许
瑜伽女本身也认知到这一点）
向尊者顶礼。

她指着荟供的朵玛
说，为什么没有孔雀？

尊者答，意念供养即可。
空行母点头。
但是她重复了她的意见
"粗劣的供品不能放在这里"
然后她展示了语义和声音的精华

为何都是天上的事物：
她弹奏了一支美妙的乐曲，
没有琴和手。
这其实赞同了尊者的说法，
意念是可以达到狂欢所要达到的

任意边界。
所有的瑜伽士于是开始狂欢。
无论男女，日夜沉浸
一旦我们用词表达这一切，
我们就是人。

2019 年 1 月 15 日

2. 对话与意气

鹤鸣洒下阳光，意气足，雪山
晃荡在荆棘花的棘刺上。
棘刺并没有刺。而是在内部
香光芒向上飞，拉直了悬崖。
沙果流出的汁满到
冰川在时间里待多久都饮不完。

龙钦巴尊者感知到阿松玛护法
降临到草间。他困惑于
一只长尾的、彩色羽毛的雉鸟
该怎么念：当他念到"啊"的时候
冈底斯山脉停止了搅拌寂静，
尊者认为，这个音可以不发出来

藏起尾巴，声含在舌根。
在群山若有若无的气息中，
没有发芽的牛群望向手指的云——
不念出来，它就可以是任何事物。

当意念处于搭弓未射的状态，

语调宛转到第一个音节的起伏，

它外显为这只亚砻山谷的鸟。

接着音滑到下一个音节，

它是一个赞叹。也许它可以是

一只长在青稞粒里的羊，"咩"。

当它自足的时候它不需要青草。

这时，舌尖在海水上涌时点一下水。

"亲爱的尊者，您理解得复杂了。"

阿松玛护法突然开口，"我来示范下"。

她用空行语念了一篇咒语。

之前没有人能听到这样的音律：

牛奶和牛奶在秋天的摄魂碰在一起。

但他们承认，他们一定曾经听过。

2019 年 1 月 17 日

功课

把他的腿换成鱼，他就可以游到
嘴的深处，舌头的后面是大海。
相比之大海，他的微笑就是
一台野草的发电机。
他在生死端发明了草而让草脱离了
生死的意义，在生死之外
野草的根再也不用吸吮
死在乌云里的，牦牛零碎的小腿骨。
它的粉红的小腐烂。
草从自身接来了电而把
每个人都照成了在海藻丛中，
游来游去的，闪光的鱼。

尊者坐在雪山的脖颈。头颅顶到
长叶松向下低垂的五个手指。
而在长叶松的世界里，他的身体与背景
已经不分彼此，向上喷射出光彩夺目的直线。

土拨鼠向外喷射的是地狱里稀有的

铁钩一样笔直的礼花。

皮肤黝黑的女子被喷射成星罗棋布的素白。

吽呸的呼唤声，铙钹击打声，彩鸡

飞行的姿态只有飞没有落下。

物只有声音没有形状。

原始的轮廓将整个空间抽离出来。

尊者从岩石上站起，他刚刚做完早上

沉思的功课。

2019 年 1 月 29 日

瑜伽士王君的两次经历

法王放肆的眼珠把我一眼看穿
那目光的余光甚至爬出一只蜘蛛爬到
我的脸上，有一半的脸被这只来自
青藏高原的耐寒巨虫
所啃咬，我就是这样举着半截裸露出
脑神经的脸，另一半敞开在
阴影里，龇出骨茬。
这个虚幻，被光线折射出来
只是证明，在 2015 年 9 月 26 日
我的我在被法王恢复为圆之前
我并不知晓边际的一部分已经
先于我的整体而在丧失。
法王的眼珠直勾勾看着我的眼珠
嗡！他大喝一声，一掌劈在
我的后脑勺，铙钹四起，号角尖锐

黑暗里，一个奇怪的物体静止了下来。

如果物体移动，那是神识
处于迷乱的状态跟随物的舞而舞。
所以在狮子洞，长腿蚊子
把蜻蜓认作蚂蚁　把山峰和云层的连接点
认作一把刻刀。
五月的一天，我扛了一把梯子上山。
如果不能在流水上刻下什么痕迹，
我总得踩着梯子在门梁上钉一个钉子。
中午，我站到了山顶寺院的山门上
使劲砸了下去，背后是群山的
翠绿，翠绿向我靠近直到
锤子抡起了我：一只炮弹形的大公蜂
从对面缓慢而直勾勾地飞出来，
我听到了轰鸣，重物逼迫向易碎之物
的轻而易举。门，窗，房子，山
障碍和我，哐当一声消失。
只有声音滴答作响地在描绘着某种
时间的状态，我确认我在爆炸现场。

2019 年 6 月

七根钉

1. 第一根钉子，马山

第一根钉子，空萨活佛

讲到过德格的一匹马。

藏民们依靠他们与生俱来的愿力，

骑着它穿过星空下的阿须草原。

白天，马回到它的马厩，

它被叫作马山，俯卧在高原的茫茫。

明年，这马，将从一辆军用卡车的绿

碰触到我肺部的灰，而我站在樱花的

相似物的上海的天空之下，

看着他们制造四月沸腾的幻觉。

时代的阴郁盯着我们，一匹马，

它迷惑于自身：它永远无法变为

言辞中的有翼之物。人群杂沓，

食物稀少，高音喇叭从隔离的人群中

认出了一个外星人。

但一切看起来无比遥远。

2021 年 4 月 5 日

2. 两次过果洛

路行到山巅，抬头看见了一道彩虹。

借这个机会，蔡师傅把后备厢里

我要带给法王的唐卡，重新打包，

留出一个空位，刚好是一个人的大小。

莲花生大师还没成道时，去见西日桑哈。

西日桑哈告诫说，在藏刺柏的树叶里

隐藏了所有的天空。蜜蜂，

是从群峰的坚固里，酿出真实的蜜。

要使你的身体强大，要让冬天

重新长出它的河流，要放弃你

身体的森林。活着，

就要像一具真正的尸陀林的尸体。

当你的身体真的是尸体时——

四天以后，达杰师父开着他的
马头金刚一样颠簸的破车，
又经过这里，他下车，我们道别。
他把江嘉活佛的唐卡送给我，
带有 60 年山洞闭关的精神气味，
意识长时间被聚于一点，变硬，
从色彩里诞生了一只尚未出生的
小蜜蜂，而它流淌出来的群峰的尸体，
强烈地相似于我体内曾经存在过的，
某个大吨位的星体，
尸体在被胃黏膜咀嚼之后，
那种黏稠，那种不可忍受的，
深夜呕吐的，酿造的芬芳。

2021 年 7 月 5 日

3. 穿过吉隆藏布大峡谷

大地起伏，已经没有昏暗。

他呈现给目击者的侧影，

是发散的，因为光线的原因，

开车的男人是一团

松散的光，因为激动的原因，

他嗷嗷叫着，他在内心参与了

大地正在演出的一场落日的戏剧，

落日没了，演出也结束了，

作为光源之一，他也消散了，

包括在 5:45 分，他所获得的一次

虚假的照射，无人目睹。

无物施加于时间。只有无关的演出

还在按照没有预设的脚本进行：

没有舞台，一群无名的人，

他们开车经过吉隆藏布大峡谷。

脑浆从垂天而立的银河系挂下来，

那些山体，裸露出古代一样的黑暗。

2021 年 7 月 9 日

4. 仲巴的夜

羚羊越过夕阳和汽车赛跑，

跑着跑着就到了尽头，但汽车

一头扎进了一个没有尽头的很远，

羚羊于是决定放弃。

当羚羊决定放弃，

从来没有一种物的速度，

比得上落日放弃的速度——

落日放弃追逐一个球追到"五"，

即使这个球，又回到了它的手上。

地球放弃了成为一个纯粹的球。

风干的牛粪，奶酪

已经来不及搅拌得更白雪了。

被羚羊放弃的羚羊自己，

睁开了羚羊的眼睛，

有一部分物体，吞噬了它，

它什么也没有看清。

2021 年 7 月 10 日

5. 清凉尸林

西日桑哈从印度回到五台山。
他有一个大胆的想法，

当星空呈现时，西日桑哈坐到
尸陀林里，开始了他奇异的修行。

意识捕捉到一个光点，目光之外，
鸟群又来了。渐渐地，视力拐弯，

"看"，从自身抓到了一个物，并把物
变为一个返回的活物，带着啸音，

密度坚硬如星星曾经遥远的一张脸，
眼光里长出了群峰雪白的肺。

肉身恍惚，花岗岩软得像面条。
蒸腾的光线照亮了颅内的天空。

突然有一个人头，从高空掉下来，
接着有第二个，第三个，

仁波切说，连续滚落的，
正是思维本身的脱离。它滚落，

——它们是无数个滚落的我。
于是有一个人头滚落到他面前，

它有点疑问地问：我是吗？
我是从翅膀的世界而来？

人头得不到回答，它猛烈地砸他，
使他感觉到真正的疼，如同真正的

殴打。又有一个人头，从坟墓里
爬到他的身上，她亲他，爱意

洋溢出美好被嚼碎之后的小深渊，
她说：蝴蝶，孤身一人，不能雪意。

仁波切回答，可能。尸体大怒，
竟然能？你能从枯木里炼出一条鲸鱼？

你能把自己深深地放进地层？
就像躺进一个棺材，挖到歌声的铀？

她把痰吐到他的脸上。西日桑哈
感觉到空无的丧失，

他在虚脱，在被甩出地球。
于是他说道，我，在这自转的丧失里，

保持着群山丧失的飞翔：飞翔，
即丧尸本身，也许可以？

那盲目的炽盛开始减弱，无数个
自我，在变为一个：我，越来越少，

而飞变得越来越可数。西日桑哈
唤回了他的意识，无视可能的崩溃。

2021 年 11 月 21 日

6. 古萨里

第六根钉，达杰师父讲到一个屠夫，
浑浊，粗壮如电流，他说，我杀牛，
为时代处理它的材料：时代越复杂，
杀戮越简单。动作准确如鸟声的稀少
手法是抓住最软弱的缺乏，人心里长出肉，
但牛心长不出莫测。它徒然具有一个
啼哭的形式，一团婴儿状的粉色柔软，
被偶然呈现出来，刀尖一转，硌到了世界的
某个隐秘，情感泄露了，那肌理，涌现，
世界也被牛所见：月光照亮了刀背上的雪，
牛肉美若峰尖上新鲜的棘刺。
这盛世的美味，屠刀对虚妄的一刺，
也促使肉体走向自己的对立——

他决心他跟随一个年轻的喇嘛师父
学习施身法。是日，天空甚有气象，
他决定把自己的身体，供养给饿鬼。
他找到了一处泉眼，有一只狼
转来转去，屠夫蔑视这个自我的鬼把戏，

他保持内心的强大：以溃败之义，他把狼
移出了寂静的外延，在意义照耀之处，
狼是一个无物。于是他开始了伟大的献祭。
他念诵《宝鬘集》，连续一百次。
喜鹊停落在他的音上，他修《单座修持》。
他也遵循乔美仁波切所著的《山居法本》，
整天都在唱颂法歌，直到时间停留在泉水
也是一个小肯定时。有个骷髅过来跳舞，
当跳到最密集的节奏点，他已了然，
是那节奏在跳他。于是他放弃自我，
成为旋律的一部分。一个皮魔出现了，
咬掉了他的眼珠，他保持丰盈而自满。
一个发魔出现了，吃掉他的肝。
天空的无限充溢了他，他保持这连续性
和无我。突然一个猴子出现了，
它打他，骂他，让他鼻青脸肿。
他想，我欢喜于承受这种承受，何惧？
于是他拒绝接受惧怕。一旦他拒绝，
达杰上师说，接受，是没有边界的，
一旦界限出现——他卡在那里，直到今天。

2021 年 12 月 25 日

7. 日常生活

该是吃饭的时间。那个站在高处的人
听见自己的胃，响了一个水泡。
他从金叶铺就的讲台走下来，
学生们退了出去。
事物都保持原样，业力没有裂纹。
黄昏时，街上飘荡的是刚刚煮好的
精确的羊肉气味，小店铺代码嘈杂，
苍蝇虚拟了梵文的不稳态，密密麻麻，
某位航天员曾说，斑点布满宇宙的脸。
但狗群有些心急，趴在屠户案板之前，
它们发出呜呜的低鸣刚好暗合了
经文中并不晦涩的一个音节，
这是飞行器再入大气层时，
燃料燃烧时所哼的歌谣：
你怎样活就怎样死。
他敏感的心，拥有足够的视力，
读出时间的下文，未来的小城，
开始黑得像一句从不存在的颂词里

一个古印度的生僻词语。

啊已知：有人设计了这一切。

但重复的苦难，为什么依然

让我们用餐时，重复地把指甲抠进

母体群山的肉里？他坐下。

打了一个饱嗝。并且随手翻到一页。

1999 年 7 月 25 日，2021 年 12 月 15 日

中　间

人

他们矛盾，打嗝，活吃鸟语并放肆地
烫熟青蛙的肉。他们喝下鱼的眼和记忆

神啊，山神、水神、鸟神——
他们已经数到了十

2016 年 12 月

拍品：18世纪泥金彩绘上师

桌布铺的是红色绒布，蓝色背景。

"18世纪红铜锤揲、泥金彩绘"，灯光

把拍品掉金的脸庞照得恰到好处。

以下是详细拍品介绍：主尊

面庞清瘦、额际高广，从他的

高挺的鼻梁经过两次世纪大雪

连接到一只秃鹫的现身。

放大镜下：从鼻梁到脸部的褶皱

这些沟壑装满300年的

自言自语，衬托暗红的锈点。

铜像在站立中似乎确认了他自己——

他是某种天体，或是其中的一部分。

"我们最终认为这是一位藏人。"拍卖师

嘀咕道，"这是一位职业修行者，

藏式添翼坎肩、散发山洞腐烂树叶气息的

陈旧的僧裙，以及通肩藏式袈裟
里面装满西藏的傍晚发暗的天意。
他左手施禅定印，右手结说法印
两手各牵一朵莲花。他从一开始
就保持静止的状态。我们猜想，
这位大修行者可能已经控制了时间。"
拍卖师举起锤子："我们开始接受报价。"
上午十点的阳光，透过拍卖厅
多格的玻璃窗，照到他的锤子上。
坐在大厅某个角落的一个人，当他
被众人注意到他保持了球体自转的
那种镇静，他只是冲着被拍品
露出了微笑。

2016 年 12 月 24 日

人 间

看哪，他说，我帮你造一个
人工仙境怎么样？成本可以省下
5000 万只野鸟的晨梦，
6 万片竹叶的 108 公斤露水，
和 11 吨蚯蚓的 111 次转世。
江神可以做成桃花状的，
河神可以多添加一点绿，
树神可以妖娆一些，
一次性订购山神、地神、川泽神
可以附带赠送 21 个恶毒鬼王，
再加 20 个多恶鬼王。
钢制的神如果换成铝合金
你可以随意挑一个赠品——
白虎鬼王，散殃鬼王，电光鬼王
全部发货到家。

白雪的快递，比死跑得还快，

他们一个一个，给未来敲门：

你好，这里是人间吗？

2017 年 1 月 5 日

青阳县

我在青阳最大的菜市场给山上
置办货物。菱角，南瓜藤，像仙女。
竹笋翠绿的子弹头，嵌入
野黄鳝被宰杀的腥味长出来的
巨大蘑菇中。云层的上面是打击乐
羽毛乱飞，咕咕鸡，咕咕鸡。
上面的上面，杀气升腾到了被石灰
抹得发白的钢结构屋顶。
最上面，是来自远处山石的云气
酝酿的一个关于"什么"的疑问。

什么？天空大如鸡眼……一只鸭子的
眼珠（不过它已看不到你），
一个模糊的人影折射到它被烤焦的
视网膜里，它记起它在这场仪式之前

的叫声：嘎嘎，那意思似乎是

哈，前面就是屠宰场。

桂花满地，一刀捅进去，再拔出来

死流出血的洞口黑乎乎的，

一只开了锅的大铁锅。

热气翻腾如四月山上还存有的雪。

活杀生鲜的雪……翻腾并排站在这里

使整个菜场有了迫近的寒气。

鸡的寒气是小于飞翔的翻腾。

它在被宰时的唱腔是行云流水。

鸭子死于关于梅花鹿的翻腾的幻想。

梅花落上来就是一首诗。

长脖颈的灰鹅飞起来会把翻腾拖拽得

像一道水中的鱼。

而你怎么在这里？我有些吃惊。

一条鲤鱼在玻璃水箱中，隔着

比遥远还要遥远的树叶，在空荡的

虚空中游，它在发一个想死的树芽。

"我在这里要死死地抓住遥远：

那里，山。我要在到达不了的地方

到达遥远的目的地。"

2018 年 12 月

山　人

如果用山呼吸，

我的鼻孔之上就会有两排松树。

如果用雪呼吸雪就是我

放养的一万只燕子中的一只。

他们飞得一只不剩并且没有一只

认识我。

我们把大部分顽固的物质换一个词，

飞来飞去的蜻蜓，可以叫"船员"；

蒲公英的英不飞了停下来，

叫"叫嚷"，一个没有教养的官员，

可以像嘉兰的触须吹口琴那样，

把所有的风从叫嚷里面吹掉。

我们说出的话就可以飘起来，

仿佛我们从没说过话。

而问题不是说话是存在，是两个

可能存在过的协警迎面走过来，

你要下山他们要上山，

他们从不存在于蒲公英之轻里而你

喘得厉害树枝在倒影里都摇晃起来。

你蹲下去可以看见倒影里的

面孔，比空气里弯得更狠。

当你转身，回顾曾经下来的路时，

你咳嗽，但一言不发。

2018 年 12 月

朱备的雪

薄薄的雪覆盖住一条河和四座山，
但群峰本身并没有被雪
所痛饮，群峰矗立在属于群峰的
嗡嗡呜呜里，雪下在雪的大海捞针里。
松树被风吹进了松树的疾风，
纷纷扬扬，模糊了洁白之物和白
之间的界限，直到我的到来。

我是一个黑点，
是一个大喊大叫的人形容器。
而在天空飞行的鸟类看来，
在陆地行走的人喊出古怪的音节，
是因为他们的舌头没有翅膀。
鸟一旦开始唱歌风就从东刮到西，
这也是植物界的秘密：

长而宽边的芒草叶条，

起舞时抱住的是一团松软的糜烂。

狭长脆弱的蒲草叶子，在北风里

每隔三秒会弯一下腰，

回应了河水在拐弯时，

夏天的某一天，

一只蝈蝈神经质的幻想。

夏天的某一天，蝈蝈的大提琴虫卵

还没有羽化出来。一周后

"我"将长出身体是琴的那一部分——

一对唱歌的鼓膜。

有一个可能是"他"的人，

走到河水拐弯的这个地方，

我唱歌，他一脚踏进未来。

2018 年 12 月

自　解

我们继续在山顶大声说话

以让自己完全听不清自己在说什么

百鸟的啁啾，呼应而成风

她说，你看，把这山河颠倒，拼接，连线

雪月悬挂孤枝：聚成一个明点

我站在这里，回忆我失败的生活

麻雀长着一双小眼睛

最后只剩下我一个人

而今对现十成，问道只得一半

2018 年

八月的台风

它坐在它的低气压的风暴眼的中心，
中心的桃花源里。它的推进器
两只奔跑起来尖叫的公鸡。
风暴的中心，氧气稀薄的
海鸥的口哨，拽着一个庞大的系统，
一头撞破世界的围栏。
台风从它的婴儿摇篮里醒来，
随即进入中年，它带给沿岸的暴雨
就像史前神仙喋喋不休的口水。
鲥鱼拥挤在江口，
嘴上挂满了有机藻，
它们的卵被从河底吹到天上，
有的孵化，出生为晚霞。
台风推进，忘乎所以，冲撞已有的
秩序，随便一抓，物裂开了

针尖上站立了 2000 名雪白的产业工人。

工人的妻子表示"是的",但台风认为

"不是的,我刚刚抵达"。

台风观察到,抵达本身,并非暴力

而是一种可怕的美在诞生[1]。

美来自力的无目的性。

一个叫小爽的母亲在清晨从床上醒来,

她梦到观音菩萨本人。

她的两个女儿,纯洁,但喊饿

而男人恐惧于某种动机

隐身于雨幕。观音(她犀利的

眼神看透了这个小把戏),

她觉知到,即将被摧毁的一切

在被摧毁之前,

散发着理想主义的早餐气味。

2019 年 8 月 23 日

1　语出叶芝。

海市蜃楼

台风来临前的一天，水汽浸泡了半岛
我驱车赶往故乡，傍晚时分，
落日落入的云层，有物和黑脸在一起
某物已经到了极限，几十公里之外，
天空依然闪耀着明亮的云层，
突然他以一种情绪化的状态意会了我
这个孩子，他动了一下原子的
结构和次序，物质的大厦轰然倒下。

世界由银碗组成。
从银碗的边沿流出金黄色的牛奶，
群山互为奶酪，它们浓稠得
让光线化不开海鸥。而海鸥的两个轮子
飞起来是滚动的木桶。
气，在木桶里，

是比寂静滚动得更快的木桶。
气的左手递给右手一个酒杯：
以虚无，嘴啜饮到这葡萄的瀑布。
竟然还有……精神追不上的光亮。

他展现给我这些只是为了证明
他不认识金刚亥母。这位空行母
坐在云端，她指出，物质只是一个空想：
天空变为微粒，鹅鹅鹅飞向海市蜃楼，
泉水冥想，天女小于一寸，
意识的深处，像煮沸的橡胶，
他证明给我看只是让我看。

2019 年 8 月 12 日

论学校操场使用方法

如果两只小蜜蜂要穿过大猩猩的隧道

会用它制作一顶额外的草帽。

蝴蝶会把它想象成一个望远镜，

用来辨认星星是否会眨眼，眨眼的时候

谁的手放在西边的西南角，靠右一点儿[1]。

屈原先生在古代叫夜郎的地方烤乳猪：

你们用防腐的方式处理词，

"我绝不"，我们把空的鱼饵撒出去，

然后什么都不做。池塘里的鱼，

在早晨八点到来之前

会目测，从这里走到苍蝇的天空

需要多少个星星的眉毛，

但树林里有人说"不要去数"。

1　语出张枣诗《鹤君》。

早晨八点，推土机准时启动大象的马达。

浩渺，收集了所有八点之后要飞的燕子

但八点之后的雨，

会依然下到十六年后的燕子飞回来了。

2003 年 1 月 22 日上午 8 点，

一个死人去看他留在操场上的自己，

他太安静了，流于表面，不是一个核心

他决定摆脱这个障碍而进入

另一个自己。他下沉得像一艘潜水艇。

他如此沉默，仿佛从没发生。

2019 年 6 月

地藏的椅子

秋日的阳光下，一把椅子。

没有人知道谁坐在地藏的椅子上。

当鲨鱼还不是海洋动物，

它可能只是某种植物的时候，

松鼠还没有被发明出来，

植物也只是发霉的细菌。

人出现了。人带来了

啼哭，直立行走和苦思冥想。

苦使人狂乱。

弓箭和匕首，阴谋出现了

子弹在燕子的头上飞，

暴力的大气磅礴改变了历史，

新罗王子金乔觉觉得有必要上路

地藏说，当我坐在这里

此山即吾乡。我从这椅子

获得了稀薄的广阔。这广阔

仅仅提供展示，世界从其中涌现。

历史总是按照必然和偶然两种结局，

呈现给四条腿的生物：

椅子必然有四条腿。

盘腿而坐的人必然有四条腿。

蝌蚪必然有四条腿。

麻雀飞来飞去，

它们的暴怒必然也有四条腿。

他们打着伞从山上现场考察回来，

路过卖黄精的小摊贩偶然有四条腿。

一旦他跑得比空还快，咔咔咔咔

那腿从腿的形式上拆下来，

腿的腿偶然有四条腿。

椅子的天空细雨一直在下，

地藏已经准备好坐在一把椅子上。

椅子呀椅子，椅子总是有四条腿。

2019 年 6 月 16 日

翠　鸟

他们把我称了一称，足足有一百克
他切呀切，嘴里哼着歌，啾啾啾
如果我唱歌嗓子里都是沙子。
这个人非常精于使用工具，
他长着鹰钩鼻，能把飞，一砍两半
他操弄一把刀就像天道玩着鸟道，
他切开我的胸腔，掏出我的心肝

鸟蛋是白的，眼珠是灰的
他切呀切，沿着河岸的黄昏一直
切到海关官员云端里伸出来的食指，
官员戴着眼镜，指着他说，
你站住！你把鸟的尸体还给天空
把翡翠本身留下来！而他还陷落在
鸟鸣的音乐会里拔不出来。

如果一只翠鸟是活的，

他吹口哨：它就是一把婉鸣的小提琴。

而一只没有肺的翠鸟，它飞与不飞

都是一只轰鸣的大音箱。

天地退远，山水只剩下翠绿，鸟的演奏

忽略了静止之物，只剩下一声啼叫

如果我唱歌嗓子里都是沙子。

"小时候我父亲抱我上街，

我父亲说我缩成一团，

像一只拔了毛的小鸟，

听见公鸡打鸣就害怕——"

所以你要学会如何在恐惧中把握

事物的形状，当鸟在恐惧里缩小

它只会越来越小，小于恐惧之小，

在刀尖儿看来它就是一块糖。

官员收走了糖，在云的公文纸上签下名：

海关查获意图走私的 222 只翠鸟，

它们排在一起，充满福尔马林的气味

灰的眼珠里有一个白的大好河山，
说实话，它们在一起的形状简直就是
天堂曾经的形状。

2019 年 7 月 2 日

李白捞诗

李白不在长安，张九龄在。

世界在进入美好的一面，

李白在孟浩然家中饮酒。

酒的形状是"气蒸云梦泽"，

李白一写诗，桃花就回到枝上。

随后李白和孟浩然就喝多了，

孟浩然说，微醺，是一种

神气的状态，微醺否定死

死否定了任何一个可能叫作陈雯的

女桃花，女游客，可能被推下悬崖。

推：这个词否定了桃花之后竟然有桃子。

李白喝酒时从袖子里滚出两个

真的桃子。孟浩然说，

桃子从桃子的类别，进入人

人应该是桃子在春天做的一个梦，

梦醒了桃子就落地了。

德国人阿多诺从剡溪的篱笆背后

现身，他有点忧郁。

他本人吹着刨根问底的朔雪，

对死研究得很深。他说，

从人的死进入诗的死，需要一个捞尸人

我干这个恰恰合适——李白对孟浩然承认，

诗歌已经死亡。我们

人类，是诗歌死亡的尸体。

但丁从地狱里捞起一个灵魂，

世上只是多出一首诗。

捞尸队捞起一个死人，则需要 15000 元。

捞尸队：看呀，无须黑暗的韵脚，

我们也能写下 15000 首死亡的诗句，

比李白还要李白——

此时官方报告出来了，遇难的

诚如诗所言，死者叫李翠翠，王翠翠，

玻璃翠。李白：有一日，我要在天边，

建造一座词的焚烧炉，

用来装这些翠：小翠，桃花翠，

告别翠，不告别的桃花的酩酊大翠。

李白吟诗，披头散发。

2019 年 7 月 29 日

章子欣写诗

这个迎风的小姑娘想写一首诗。

她首先需要一个躲避总体的场所，

一个小小的房间，微尘明亮。

于是她投胎到一个章姓的家中，

她为自己设计了一个脸型，一只未被

摘下的青梨，倒挂在苹果树的枝上。

当她长出两个角儿，

（有时辫子也可以梳成

大海从筛子的网眼漏出来的形状）

她像极了打足气的牛魔王气球，

只想着从满地的海星，挤出神仙的牛奶。

她还能看清大海中甜味的盐，

海边疯长的黄花菜喜欢喝海水，

它们总是模拟鸟吃饱了以后，

站在海怪的眼珠上看天上的事物。

从岔口进来经过一段柏油路，

再拐入一段碎石路，在清溪村

一男一女被发明出来，他们是这首诗

最重要的素材，他们如此重要，

犹如鲨鱼之于大海，

我们暂且称他们为种子。

种子装满了熔断事物的梦想，

梦想发芽，

存在之物开始向网的中央汇集，

于是一个摆渡人被发明出来。

摆渡人不同意种子的观点，

没有什么是牢固的，他认为

当船晃动，万物的根基都是动摇的

第一天，他发现了海面上一个实体

因为她是漂浮的，

他认定她是一个假象。第二天

他又目击到这个假象，目击本身

也许也是一个假象？真实是……

这确实是她的尸体。

太惨了，船老大说，太惨了

她的脸朝下趴着，

她死了，她的死近乎无声

她的死使海水变成一颗钻石镶嵌在她的

无声的死上。为了隐藏善

她把自己改写得面目全非。

她这样写下自己：悲伤一无所得。

她写下：如果你们的哭声，大过了

海边汹涌的鸟群，鸟是悲伤本身

而我是一首秘密的诗。

2019 年 7 月 30 日

老虎攻击驯兽师

每当八月桂花开的时候，

香气总是把空气分为左右，

左面是屠宰场，右边是花溪满地。

他戴着眼镜，从迷雾里走出来

称，以前这里杀生命

不杀花。我要提着香气的刀

杀杀杀，我要杀到

雷霆万钧的雷，

老虎开始攻击驯兽师。

2019 年 7 月 11 日

荡啊，你荡出去

他在那一天做出了一个重要决定，
他决定用身体验证数学。
绳子固定在槐树最高的枝上，他开始荡
欲望就是整个圆。
依靠自身的力他把自己的身体，
从 6 点钟的方向荡到 3 点，甚至
接近 2 点，他忽然觉得好饿，光线
杂，他在靠近，投进，绝对。
然后他弹了回来。
他回到 6 点。
时间倒流，
河水涨潮，
他反弹到 10 点，宇宙
在缩小，天空，镜片
蚂蚁看到了原子。分子
不稳定，物质难以凝聚成形。

小镇上有个屠夫正在杀一条狗。
如果以他为参照物，狗的舌头
伸到的地方正是狗要去的天堂。
10 点的方向是屠夫的媳妇骂骂咧咧，

她拎起屠夫正如屠夫拎起狗，
她咆哮：绝对主体，可以用来吃吗？
于是他又荡回去，目标是 1 点，窒息
中间有停止，苍蝇飞了，蛐蛐
想到了一个曲子，
不用伴奏直接唱。
1 点的上面还是 12 点，他想
他先要肯定自己：他是自己的限制。
然后他要否定自己。
他要从作为对手的自己汲取力量
然后放弃。沿着抛物线
他就越过了高墙之上的高压线网。
在一个独特的数学事件中他进入
数学的偶然性和幽暗中。
如果只有五分钟自由呼吸的时间
自由的呼吸，还包含幽暗性吗？

2019 年 8 月 2 日

解　题

他被他遇到的难题彻底难住了。

警察对他说，你的编号

是 pi，3.1415926535897。

从门口跨过界线，进来，举手，脱衣

回首再望向门口，望，是一生的

一个圆。角落里，有只黑寡妇蜘蛛

蜘蛛：圆的意思是，你完蛋了。

但事情还没完，蚯蚓在月季花的

土下拱来拱去，它爬的不是直线

它同样遇到一个难题：

花的块状根须，是一个穹顶结构吗

七星瓢虫捕捉到一只槐树上的蚜虫

我需要吃 31415926 只虫子。

这样我就会让七颗星亮起来，我的漂亮

的小花衣穿在地球身上，

可以让熊产生的浓烟吸收到蝴蝶的

烟熏妆里，假设历史

是由烟熏妆决定的，在天上飞的是人

服装厂装的都是鱼，车库

拉着一时间的美女奔向白色的海滩，

我们互为神仙，喝月亮，

佛祖，他是一个销魂的，燕子的

具体事件，他打开手提箱：

痛苦，还原到原型，圆就是直线。

2019 年 8 月 3 日

窒息：纪念这个人

死没有死在死的怀里，

在怀里是朗朗晴空。

在生命的晴空里，

死，有另一种活法

把"活着"一剑刺入"亡"，

命，停留在时间消失的地方。

能量隐藏了起来。

把死弄得如此阴暗，

只有"死不瞑目"会让一个词凋落了，

永远在枝头"没有掉下来"。

盛夏炎炎，

死是所有易于腐烂的物质里

最小的物质。

小到其小无内：在死的内部
是无盐之海，是没有空间的窒息。
现在，活着就是吐着泡沫的大海，
一脸发黑的海水、厄运的嘴
词的垃圾。僵硬的塑料眼。

云在云端说：
我操练云雨变幻的把戏，
你操练肉身成灰的法术。
谁会赢呢？——
词写到眼瞎，命被大风吹到天上：
把死的四个角拽起来，折叠

中间是一个惊心的"舍"字。
舍不掉一把骨头，怎么飞呢？
道德的天平会把更小的一把灰
称一下重。说：无穷白。
白，飞起来就白过了整个天穹，
以及天穹之外的整个内心，

是日。所有的天空飞向它们

唯一的星，所有的死奔向唯一的

活。一个死了的人将他的活

活在活着的人的欲望中，

并把这欲望，调到摄氏 40 度：

中国南北，大汗淋漓。

2017 年 8 月

鱼儿离不开水

它从大海里被钩到这张桌子上，

有一根线接到它的鲜红。

转暗红的腮，一直连到大海的吃惊。

吃鱼的人，

看不见这个云霞翻滚的连接物。

杀鱼的人在掐住它的头时，

摸到了它分泌出来的黏稠的体液。

暮色收拢，空气变得稀薄：

只有一小束光照亮它的嘴。

它的嘴从鱼头上被卸下来，

滚动成 O 形的圆，日落，车轮

从车轮上下来了两个仙女，

和他们长着圆肚腩的领导。

领导指着车轮大喝：这是什么字？

嗡嗡嗡的回响，

字掉下来，露出藏在里面的

杏花肌肤。一场雪月过去了

滚回来一个西瓜。

西瓜会裂开，就像一个铃会敲响。

铃从空虚的内部，

又长出手和脚，它跑到大海的尽头，

在那里它是一张巨大的嘴。

它停下来，呼吸着大海，

大海被一条鱼抓住了，大海被扔了出去，

大海没了。鱼掉了下来，

它在到处寻找氧气。

2018 年 1 月

竹笋鱼

把竹笋压扁了就是一条扁鱼，
把竹笋风干了就是一条干竹笋鱼，
把干竹笋鱼装进一个玻璃瓶里，
就是一瓶子的干竹笋。
它们拥挤在一起，
就是一群抢空气的鱼。

四月初十日我下山的时候，
黄居士装了有十瓶的干竹笋给我。
它们都是初春的新鲜笋尖，
这些尖叫的少女植物，
还擅长制造雾气，
她们把整座山拖进一个竹子大海。

而我下山，就是从云端跌下来

跌到了鱼群拥挤的海水里。

两边，是成排的去年的新竹

明晃晃的竹影构成一个新的空间底座，

竹子的周围分不清有海水而海水

在碧绿中奔跑，长出竹子的细腰。

这一瞬间有三种物质明亮：

微光的我。

一条游进竹子的鱼。

一棵从山上游泳下山的竹子。

那间银白色的屋顶已经隐而不见，

天空中闪光的部分愈加纯粹。

但我们仍然处于瓶底。

2018 年 1 月

黄石溪

沿着九华大峡谷上行四十里，

是黄石溪最宽的地方，像一只凸起的眼珠。

水面阔大，从土缝里睁了开来。

有一次我在这里上行，一只蝴蝶

碰着挡风玻璃。于是我看到一棵

香椿树，

在路边站成一个天女。

我快速地奔过去……可以折枝，把美

从鲜嫩的状态中刹住。

它长在一堆苇草和野花中间，

这或许是某一种虚构，

真的是意外，我剥开草丛，

就差一米够到香椿叶子，前方，浓烈的

气味涌过来，由纯绿转为艳丽，这转折

中产生的惊涛拍岸的

呕吐，唾沫和鼻涕，使我失明。

二三十只花斑的毛毛虫，蠕动，但没有

一只看着我：我接近于空。

而他们的色彩接近于神鬼……凡鬼神之物

有生动之可状，神韵而后全。

谷雨前后山上才是采茶季节。

黄居士一大早就去了往花台的山，

她后天要启程去藏地闭关。

清晨，我在瀑布的下游循声上来——

你不要过来，这里到处是蚂蟥……

她大声喝止我们，如同一只挂在山顶上

迎风晃荡的大蜘蛛，

她的金色的线是一种明亮的喷薄。

天台石阶两边，

扑棱棱冒出来的野杜鹃的根，

下面，根须，再下面，潮湿多水，

多出来的能量摇晃着薄如蝉翼的

触须，我动它才动。它已

懂得驾驭风。

傍晚黄居士才回来，一筐竹笋。一筐大叶

绿茶。哎呀，她有些不好意思，
甩了甩手，啪嗒，一只大蚂蟥
鼓胀了肚子，从她的手腕，掉到地上。
它翻滚着它太过于满溢以至于
它都无法睁开它那外星球的，石灰岩的
眼睛，看到我们。

2018 年 5 月

火

黄居士第一次上狮子洞的时候，
是傍晚，她睡在她女儿旁边的小屋。
一只蜈蚣，一只蜘蛛，一只花瓢虫
排着队来看她。
蜈蚣就是她的火，而这只
老蜈蚣站在潮湿的地上，像一个禅师
一整夜等候她陷入莓果。
这个等候的甜，就是她的火的燃烧。

她女儿在十六岁的时候决定成为一个
隐居深山的禅师。
菩萨就是她的火。
当她第一次站在狮子洞的山顶，
这个第一次就是把所有事物的顺序，
在流过的水里重新排了一遍。

她站在那里，
她忍着未来的头晕但火在烧。

黄石溪老于的儿子去了山下，
一家餐厅做见习厨师。
他学会了如何在五秒内活剥一条鱼，
窍诀是击昏，对准鱼头要快，
鱼的眼睛，
疼得要鼓出来之前，
要在它的肚子里掏出它的肠子。
肠子就是他的火。

每当他重复使用一次窍诀，
这窍诀也使用了他，使他的
滑翔般的快乐比肠子还多出了一种
食用辣椒水的味道：她眼睛疼
山上梅花开，煤气炉长出翅膀，
身体因为咬合到某种旋律，
陷入旋律美的妄想。
鱼的肠子一直缠绕在她的手上。

2018 年 8 月

楼顶天台

一早我要赶飞机，我想起

昨夜楼顶天台上的黄瓜藤，台风来了

它们咕咕咕叫着，丝蔓乱舞

在暴力中，它们舒展了它们的柔软

柔软到它的腰随时能揽住风，

它甚至要把它的棘角放到鲸鱼的脊背上。

（鲸鱼在天上飞）

早晨六点，云层发白

凡庞大之物，都被收进了风的袖口

而躲台风的人们，已经丧失自我

愈发单纯的灵魂，成群地

从一个物移向另一个物。

茄子旷野得放荡，丝瓜要从竹架

直接飞向它的外星飞机场。

以前佛陀也从非人的事物中。

获得类似于人的力量，比如喜马拉雅

横亘在青藏高原，因为巨大

而具有神秘之善。他曾经断言：

那雄伟也催生了对微小之物更细致的体验。

比如，从台风中，可以捻出一把鸟群

从丝蔓里，也可以长出一座崭新的山。

豆荚爆开，也许是 2560 年前的观音

想到一个词儿。辣椒鲜红

也许是 12 年前，在山洞里

闭关的蟋蟀，想到萤火虫的手电

如何照亮了它的歌声：并从歌声借到一双耳朵。

哦你这蟋蟀的耳朵。哦你这芹菜和石榴的善。

哦你这借来的手电筒。哦我起飞才有的震动。

2018 年 8 月

下　面

火 车

在 12 月 14 日夜晚的天空中
天琴座，看见我被风空洞地
吹到了银河系某个角落。
孤独，或地球，
被架着火烧开了锅。
计时员在掷骰子，秒针——
一辆亮着灯的绿皮火车，
从皮包骨头的沸水里，
急着要把自己开出来。
暴力控制的思想，
被它的阴影侵入。

2016 年 12 月 14 日

梅花狱

地藏先生站在山顶，
数着梅花和雪花。
先生说：烈火狱。
鬼差从虚空中，取出一个针管
注射到天铁一样的梅花枝头

于是梅花从铁
变成滚烫的铁。
从滚烫的铁的意念，变成铁的
花蕊状的观想物。

风起。火大。天要塌。
许诺的事被虚构出来，
但等了很久还没呈现——
你会有一点困惑。

也许碰到了障碍？但并不确定
梅花阻碍了你什么。反过来
你能阻碍梅花是仙女这一事实吗？

你感觉到一次的开放，可能
只有一次。已经晚了。
一句无力的诗操起一把完美的
刀
就像为病人施展一次词的手术：
他先是剥开梅花的皮，
露出鲜血淋漓的世界的骨肉，
这些都是他的。

他返回那些意义，并置身其外。
骨头被敲成花泥。
花朵的内脏，被钩出来
裸露在冬日的蓝天下：
这么晕眩，这么当下顿断的一击
他们唱着歌，跳着舞，
围着篝火，烤着梅花的憔悴，她的
肉花心

地藏先生说：烤，或者

把他们铐在一起。

寒意有点不自在。

一层一层的寒意，

小腰肢扭得真好看。

寒冰狱的嘴，进入了树：

然后是枝丫，

然后是花蕊，

梅花看上去就是冷冷的

一个显然臆想的事实，如初雪

敞开了白雪的肉身，

那么美，那么确定的不可测性。

赏梅的人站在狮子洞山顶。

2016 年 12 月 31 日

地藏蓝先生

"蓝先生好。"
天空打开他的大门，向着虚空
点下头。虚空也向他回点一下。
在狮子洞，地藏蓝
是所有蓝的自性。
所以蓝先生也是地藏蓝先生。

这是一个令人晕眩的小游戏：
用眼听到管委会纠察队的虫鸣，
用听看见虫鸣里化工厂的雪。
1月1日的竹子，突然出神，
向上拔高到陵阳以外的外层空间。
距离伸展它们的神经末梢，
遥远，耀缘，雪落下来，
想法在枝头成为梅。

但没有成为梅的，

正在进入：在架设飞行秘道。

所以地藏蓝先生

也是秘道先生：蓝里面

长出耳朵的机场，

痛饮草木丛林的想飞。

从云心架到玻璃心。

梅的香气，沿着大气层

向上延伸，伸到鸟的翠绿的鸣叫里，

竟然有那么大的雪。

雪有大人相。你由此想把他改称

八面先生，以对应他的空落不惊。

或者不如干脆称呼他为

"鸟鸣先生"。

这样更能准确地描绘狮子洞

在 1 月 1 日清晨发生的场景：

你先是被细小的、红脚爪的鸟叫

叫成瀑布狱的一个照面，

接着就被嘎嘎嘎的、粗嗓门的大嘴鸟
叫成三段狂欢的阴影。

自我以尖锐和取消尖锐为美。
耀缘师：看见玉兰皮相的人，
也看得见地藏的骨。
依次还看见梅花，梨花，桃花。
梅花是无间狱。梨花是耕舌狱。
桃花是火马狱。

那梨花，那火马，那细腿的鸟
或许并不明白这个道理——
或许应该这样称呼它们：那火梨
那细腿的花，那鸟马。

2017 年 1 月 3 日，2021 年 11 月 8 日

梅 开

山野，禅房，观梅的人，

在屋里被枯木坐成乱影的人，

都被一种情绪感染着。

有叶子的矮灌木野茶树，种在高坡上，

他们待在此处，已经如此之久。

天空长在光曾经所在之地。

白昼退去，没叶子的梅花星星点点。

寂静，硬，黑，面目上沾满泥点，

但歧路鸦雀无声。

在滔滔不绝地喷薄出一个月亮的雪之后，

止住要说的话。

大脑一片空白，嗡嗡直响。

一个回声来自剥皮狱，抑或烧脚狱，深。

带来了一个在花托顶端

爆开的气流。
现场弥漫着一种
由弱变强的欲念：红。

岩石的白霜，天的空荡，泥的一团
所有的想法都倒进这个坛子。
搅碎，捏来捏去，
然后凭空端出一碗花开状的酒，

时间全部回到 2 月 11 日午夜 12 点。
花蕊开始发红，发烫
仿佛有了自主的意识：白。
红的是展开的裂裳，胚芽；白的
是翠绿的月白，呼吸。

一种强大的热能呼啸着，
经过了现场。
耀缘师所说的，"香魂遍雪海"
大概就是这个意思。

2017 年 2 月，2021 年 11 月 8 日

梅花次第开在狮子洞

现场似乎有烧过火的味道。

有干灰。物质的灰

被搅拌到一起，然后调和成

白色，粉色，红色。

昨夜鸿章师兄只是把炭火盆，

多加了一些炭，以便火

可以稍微大一些，抵住冷。

清晨，寒气依然未消，

脑神经被蜇了一下，意识清醒，

世界远眺到我。地球上的山

远远没有这里肃穆。

脚不沾地，我们互相致意，

我们互相之间是自由的，

我说出的话是我向上揪的头发

——空间机器一样轰鸣着，

时间向山下流去：

刺骨的寒冷烫到了手。

从来不存在 2 月 16 日的梅花，

但梅花，次第开放在狮子洞。

2017 年 2 月 16 日

情　绪

最直截了当的情感宣泄就是
把情绪的"高音"放置在
山出现之后最不经意的"随后"。
随后通过草释放出来惊叹。
草用浓密表达丰盈的缺乏或有余，
或者给"尚未"一个拥抱。
山行到尽头是一条垂天而下的
大峡谷——白云挂在山顶，
事物的面目，也许不一一对应。
从这个隐秘的起点，这道裂缝
一开始就表示它不关心
你看见的是倒立的山，
还是斜着打坐的树。
只有竹林可以把这个情绪点
在它自身调剂得更淡一些。

它从蓝天的蓝和白云的白

提炼出来清寒，浸湿在青草黄

和村委会的颠簸里，包围你环绕你。

把你送上高坡，转瞬又跌下来，

在一个深潭砸下一个巨石。

如果你认为你已处在

这场情绪风暴的风暴眼，

那就错了：绿只是开始，

红和黄才是主题。

经历过霜打的黄叶，

夹杂在绿丛中，它不呈现自己。

它的叶面有着铁锈纯粹的痕迹。

它内敛于自身的某种敞开，又以

自然的方式，言说着一个收纳

进来的，一个紧束覆盖了暗黑的

喜。

2017 年 1 月 31 日

折 射

一二三四五，在镜子里
掉出来五个数。在 2 月 10 日
是五朵零星的雪花，在狮子洞落下来
它在空中的裸体几何舞蹈，是个谜。

六七八九只鸟儿聚居在
槐树上的鸟窝里。现在
鸟发现鸟群里少了一只，
留出来了一只鸟大小的空旷。

寂静折射在胃映出万物被反刍过的脸。
人终有一死。但此时绝不。
死亡密集得多过了水面的雨点，
水里的游鱼，不知何时也多了一条。

2017 年 2 月 12 日

麻姑遇义山 [1]

"麻姑，麻姑，我用十根青草
买你一杯沧海。"

"哦好，瞧，一杯值十条命的春露
清晨五点，刚刚榨出来。
他们都去了桃花地狱。但我没用这些开得太烈的
玩意儿给你做早餐。"

因为露水是冷的。

2018 年

1　语出李商隐《谒山》："从来系日乏长绳，水去云回恨不胜。欲就麻姑
买沧海，一杯春露冷如冰。"

地狱门口的小卖部

他的意识中正在形成一个关于

地狱的想法。

想法出现了，现场出现了一个人：

来五包香烟，彩虹牌，抽的时候

冒出来的烟是朝霞。

这人嘀咕着，似乎不是很肯定。

要不来一杯植物饮料吧，

可以把死喝得活过来的那种？

于是，他接收到"我"砰地扔过来的

死。于是他形成了一个

更大胆的关于死的想法。

我要先加五片树叶，

看，这些叶脉，有些

秘密旋转的纹理，绿里面藏了

十二只孔雀的毒；

再兑上时代的失败青年呕吐出来的

幼稚的毒，嗷嗷，再加点

神秘主义的蓝，老年的蝴蝶香，

还有狮子，虱子，正在医院里做手术

的柿子，这么多完美的佐料，

每个人的注视中都会有一个意外，

铁水狱里面有足够多烧开的

铁水，把他们的生烫熟。

瞧，这是我为你呈上的

第二杯热果汁。

今天天气真好，

燕子飞回来了。

燕子先生，你喝下去

喝吧，喝吧，死可以活过来。

2018 年

入 口

山路蜿蜒而上，一只鸟
从一个风箱里被扔出来。

它在空气中炸开，拖着长长的尾流
突然。它开口开始唱歌。

爬呀，爬上来！
难道你没有感觉到你在下坠！

我的心脏冷到冰点。
意识喘气，喘粗气，像棵杏树。

迎面，一个大拐弯
一群羊群，拦在路中间，

它们茫然不知遇到了什么。

更远的路边，竹节在暗处吸水

我转头看见一只羊，

站在其中，比其他的羊更白

我惊讶于物质竟然如此互相作用

白，和不白的事物，生和死，恰好构成了

此刻意识内部的强光：

照亮了羊的眼，底层社会脑浆的内部。

2018 年

论啖眼狱

砸啊，你砸我。无论我怎么
摇晃这棵核桃树，
拍打他，梨花他，春风度他
总是错过他掉下来的时间，上一次
有雨。面孔上站满一排晦涩的鸟。
今天是初春。
下一次可见的是盛夏的某一天，
阳光会很强烈，我眯眼
看向天空的时候，
会看到情绪形成巨大的顶部：
无数个类似核桃的我，
挂在半空中，青涩
像一群眼珠。
我昨晚读到了啖眼狱，之前有
阿鼻地狱，桃花烧红的鱼，

铁牛恨过的铁牛狱。

可以像数核桃一样一个个数过去，

总数到最后一个。

这时我已走到山门，耀缘师正在

翻晒竹笋。

"果然如此，太阳的味道是甜的。"

然后她说，你去花台经过竹林的时候

要绕行。长脚蚊子只喝露水。

今天它们很开心。

2018 年

论一个人转生为树

瞬间，他感觉到他已经被置于

一座新的牢笼之中：

枝条曼舞，他的手

是新生的芽叶。

他的牙齿拥有了触须。

他闻到了死者的话语，

从树皮的褶皱，

扩散出来的肺部涡流的芳香。

他已是一棵树。

除了一点小痛意，

他觉得可能这就是

自由的代价。

噫，他甚至觉得彻底释放了。

世界在快速退后，成为别处。

他忆起之前，他没有抓住他，

失去失去了他，翠绿误了莺歌，

燕舞数尽风流但眉须堕落。

他看到了站立在他肩膀上的大尾巴鸟

分明是二月春光，锦羽拂面

那春光依然低语：

啾啾，认不认得我呀。

2018 年

慧可的梅花

你死了，我在这里饮酒。一共
五个人，老板，服务生，一个陌生人
我和他。趋近午夜，
外面：静。
枯叶像一只疲惫的蝴蝶，
旋舞了一生，却不敢停下来。
屋中的白气时浓时淡，玻璃——
一道栅栏。我从这头看向那头
发现雪已经下来了，眼见之物全部进入茫茫。

掩盖了我们来时的足迹。
只有前世杳冥我们才敢在
此刻以酒为最高。
花格子的桌布盖住了桌子的裂纹，
裂纹扩大到盘子里，从大海网上来的一只鱼头，端坐。

鱼头敲了一下碗，

所有的碗都是空的。

有一个瘦高的陌生人推门浩大地进来。

坐着的人起身离开。

他们在某个时刻错身，酒的踉跄荡出去，而倒吸的

一口冷气挤进来。

哇，雪下大了，下得惊涛拍岸。服务生

嘟哝着，先生，你的水。

河水？湖水？泉水？岩缝里的水？松针

滴下的水？

说不定是雪水呢。

哦，是的是的，我们谈到哪儿了？

我们谈到慧可。他要砍下自己的一条胳膊。

那个陌生人竖起耳朵瞄过来，

他孤身一人，小眼睛像鱼眼。

他就是那么一下。咔嚓，屠宰厂的萤火虫

冒着烟，在天上飞舞。禅

爆炸出来。这是一门用生死体验的艺术。

据说血像梅花一样喷出来，噢真是壮观，
银河系一晚上都在下雪。

之后的时间，我们卡在他这句话的
深渊和真假之中。
是他还是慧可，把真变雪，把假变梅？
包括今夜奔袭而来的这场江南暴雪
是否真的到来抑或早已到来？
究竟是谁说出了"银河系"这个卷起千堆雪的
古代的词？

转过头来，那个鱼眼白的男人已隐然不见。
雪地里一股浓烈的腥味飘进来，
甜的。沸水中的鱼头似乎感应到这种禅意，
一跃而游入虚空。

2018 年 1 月 7 日，难眠之夜

哀　歌

招魂谣

> 我能尝到他从那完整的种子烘烤出来的那小块面包
>
> ——保罗·穆尔顿

我看见这个人在路边坐着，多么幸运
他死的时候，围巾包着头，步入轻盈
他发明了一种新的天意，
他让奔跑的殡葬车第一次有了发芽的时间
他让时间进入植物状态：白的快，黄的慢
绿色的死吊在秒针上，晃荡成春天的柳丝

哦魂呀，不要在日出的时候逃跑我的眼睛不眯

我听见怀有身孕的雨正在变为弓弩，
风滑过皮肤的丝绸，松针找到了一张床
鸟巢里的鸟孤独地摇醒鸟蛋，你救不了
已经飞不了的人，树叶的铃声还会变苦
当病人开始大笑时，他的笑
死神不死，铁轨成仙，万物一直发春

哦魂呀，不要在上午的时候逃跑我的耳朵很准

我闻见了那个被扇了一巴掌的
人，他的哭泣是甜的，对应于这个星球
他的脸，一半是早晨，一半是薄暮
他在坠落里抓住了坠落向上狂奔，
他向上狂奔的时候依然向上狂奔，
他狂奔他慢成龟鹤他的身体狂奔成一根针

哦魂呀，不要在正午的时候逃跑我的鼻子有点震

多么幸运，我舔到了这个猫头鹰司机
额头发咸的盐味，他刚从银河系的工地上收工

工钱付给了喜鹊，现在他开着装满尸体的
冷藏车从天堂直接开往地狱。
哦地球在他的刹车板下吱嘎作响，
他开向阴沉的气韵，像一节白色的藕

哦魂呀，不要在傍晚的时候逃跑我的舌头带着钩

我触摸到了那个以飞翔姿势
入水的躯体，多么幸运，他的暴跳很
暴力，他的热显得天边的恶，
有些潦草，他写下：安心赴死。
哦多么壮观，他把倒影变为不死，
而把那个死了的自己，留在岸上

哦魂呀，不要在午夜的时候逃跑我的拥抱没忧伤

我感知到了那个圆环。
多么幸运，就要云开，就要天晴
如果他真的害怕，他就不会举起酒杯
他就不会饮下这个酒杯中没有的天真，

他就不会在救护车里，喝下所有的时空：
这酩酊呀，假意呀，万物一吹就倒的聋呀

哦魂呀，不要在拂晓的时候逃跑我的意识不虚空

2020 年 4 月 8 日，2021 年 11 月 8 日

当夜幕开始降临

乌鸦，喜鹊和铁丝网，
来到尸体的旁边念经。
乌鸦假装自己是一只大提琴。
喜鹊是小号：它总是把水仙
吹成美若水仙的新鲜。
它跨步在进入停，举着
它自身丰润的栅栏，
它这样就可以跨过草莓，
就可以让一个死，从死的逆光中
回到死的从前或白雪的之后

从前，乌鸦只提供成长，医院种植在喜鹊的
喜上眉梢上。铁丝网游泳时像一条怪鱼

从前，诗篇是绿色的，天空倒过来还是天空

2020 年 3 月 3 日

六种啼叫

葱绿的鸭子扑腾着对着空叫嚷，
保安在追逐着狗并且抡起了棒子，
他们戴着口罩的样子像白梅花
苦杏仁的味道。
失去雏鸡的老母鸡的叫声，可以让尸体
在死的时候离门口差上一厘米：
如果在死之后当天就火化，
火化选择在夜里，
乌鸦就不会进到屋里，
死者在已经死亡的梦中梦见孔雀。

所以，医生说，亲爱的，我们下一世见吧
——不，死神说，亲爱的
等一等，你还可以再说一个词
比如：布谷鸟比春天早于时间，

医生说：你拨，你拨，你把钟表里的时针

拨，拨到子宫之前的位置

回到春天，那里，布谷鸟亮着

裹尸布的灯，而我只会看见黑暗和数字 0。

2020 年 3 月 5 日

蝙蝠

有时对我们来说它就是一颗黑色的骰子。

在公元前二世纪的祭祀中，

它和羽毛丰满的鸟、白猴、獾和白母牛

并列在一起，比神汉还要清澈，

它把自身，深陷进时间的停顿之处：

咣，某一刻，仪式开始，

主持的人喝得酩酊大醉，

跟着节奏念诵经文，万物回响着

我们头顶上的天空像一个破锣乱响。

随后是骑马的时代，它吱吱吱叫着

无论怎么叫它都是那个时代

长得最丑的五弦琴。

转眼石油开始盛行，飞机

快过了荒草生长的速度，

它开始称呼自己为小脑袋。

它站在黑暗里比黑还要漆黑的身体，

开始认识到自己的不善——仅仅

因为它比寂静多了一对灰色的小眼睛。

它开始躲入事物的边缘，依靠
对万物的回声获得灵魂的食物。
偶尔一次，它开始叫自己为锯子：
它用它的身体锯开了草莓
成批生产出来的耳朵。
它让所有滔滔不绝的嘴停了下来。
试想一下，几亿人，十几亿人
停止在寂静中，
它就在宇宙的这种荒凉级的不语中，
振了一下翅膀。

2020 年 3 月 3 日

上路

一刹那他感觉到三个我。

他感觉到一间用了很久的房间打开了门

涌进来的泥灌满了嘴。没错

虚空中只有嘴。没有眼珠，下巴是空

耳朵听见的是旧衣服烧汽油的味道，

水珠回到分子，沙子握到了岩石

第一个我越过了他自己的躯壳，

他们在埋他：我遇到了但丁。

但丁很是诧异：这里没有地狱

而且我们只接受审判过的灵魂。

第二个我醒悟，他回到躯壳的原处，

此时它还不被叫作"尸体"

——他的内心尚未冷。

第三个我已经上路，他在思考

天空这个词儿，究竟哪里出了问题？

于是他触摸到了镜子。

它看见无数个我，在无数的镜子里

看见触摸镜子的我。此刻，护士在大喊

醒了！醒了！有人在冥界

被退回来了！他大汗淋漓地睁开眼，

嘴里都是海藻和盐，抓满枯枝败叶，

"38 号病人，赶快收拾你在此地，此处

一无所有的物品，下一个

病人，要住进来了。"

2020 年 3 月 8 日

濒死的摇篮曲

她没有什么歌要唱的了。
她的身体碰到了墙，歌声进入阴影
白雪，白风，白窗，白床单
白色的医生
白色的线条涌向打开的窗户
身体的每一个空间都奔向天空
她在无语中说出的每一个词都是白色光线
在无光中飞舞

时间进入了环形
但是有褶皱的时刻：死
是几何形的，一阵闪光掠过那些未死者
死啊，我已经做了你吩咐我做的事情
时候到了，此时，就让我
变成一束光柱
世界被折叠成一个平面——
汇向一个点。

2020 年 3 月 8 日

老子说

老子说，我坐在天地之间，身体

是个大风箱，

我使用风箱已经有一万年之久。

我使用我，"掌控"到腐朽的意义——

杰米·伊斯特是英国《太阳报》的记者，

他描述人处于自己身体的内部，

如何触摸不到无涯，我……非常虚弱

感觉到被重型卡车

　　　　　　　　从云端撞了一下。

一个中国女医生善于变化。她的勺子，

如果仔细观察，有着白颈长尾雉的裂纹。

长尾雉之于星辰，

犹如军用卡车之于仙女：卡车拉走了

尸体，仙女作为形式保存下来。

昨夜有人在阳台上唱歌，

昨夜还有人钉上大海的窗户。

老子说，仙女一旦唱歌，

检查站的栅栏就会为无法相会的
一对恋人，装上隐形的翅膀，
但他们限制在舞台内，大气不喘。

时间一旦撤场，他们手里抓住的
对方的肉体，就会变成一把沙子——
你捧啊，抓啊，扬到空中啊，
跺脚啊，后悔啊，喘不上来气啊，
老子说，所谓停顿，就是在绝望之时，
一把抓住迎面而来的东西：
……那空间拒绝把他孵化出来。
就像此刻，它收掉他，同样没有理由。

2020 年 3 月 21 日

脆弱的苍

我的目光直直地盯住了一只肉鸡
我念诗：啊苍天
毒和肉鸡分开了
我继续念诵：啊苍天，愿净化！
愿我的语言是来自雪的药
愿灰蓝色的麋鹿是来自脆弱的药
愿火红的披肩是来自灿烂的药

肉鸡抖了抖他的羽毛，像个小号的神
他朝天高喊三遍：净化了，净化了！

2020 年 4 月 2 日

火供现场

药材供养给失语的病人他们

飘着他们未老先衰的浮云，

他们喊着"真的真的"看到的是

警觉的天碧。他们以出窍的梅花，

供养给肥大者充气的黑白。

在那里，废弃的体育场边上，

鸟站在树上，盯着没有人的操场

美很天堂。

酒供养给占据天空的人，

他们的野心像热气球飘走。

恍如隔世的鳄鱼，

露着它们秋光的

牙，幻想冰封的旧时代。

苹果供养给鲜艳的，穿皮鞋的奴隶。

被鹤梦秘藏起来的坚果们，

供养给暴晒之下的奴隶主。

从上面坠落的，坠落的

来不及去捡拾的丰腴，无机物

内心的螳螂，蟑螂内心的女儿

它听到的是葡萄大海，唱出的是

掉下来了呀掉下来了呀。

火供养给独眼的晚霞，

和小眼睛的玛哈嘎拉。

烧得更猛烈的火供养给双目失明的

晚霞和随后到来的夜。

烧成灰烬的火供养给地球最后一夜的

这个夜晚：死鬼，恶鬼，野鬼

风流鬼，替死鬼

是的，我们都自由了。

2019 年 1 月 8 日，2020 年 3 月

说明书

这本密续是你的蜜，也是所有众生的蜜
尸体要土葬或火葬时，
天色会暗得比尸体亮一点，有时天光
大亮，灵魂走路的时候不会碰到羊群。
毫无疑问的，这可协助亡者
免于落入下三道。
请将经书（除掉塑胶袋和包装的袋子），
贴在或绑在亡者的心脏部位。
在那里即使啄木鸟追上来也不会
变成箭而亡者直挺挺地，
仍然像在庆祝放烟火。你要确认
对准的是心口，经文不可颠倒。
紧接着这些经文会被念出来：
格，汝，宾格，夜坚呢杰
（尸体还是热的，每个音节之间

眼睁开它的琴，某种不平衡的东西

恢复了，寂静被顶了一下）

如果问，这是嘴唇的声音还是蚜虫

吃草的声音？

亡者已经小心地把自己折叠起来。

他把宇宙叠到蚂蚁一样小，

把自我装进蚊子腿一样细的

容器里：他冲着自己笑。

刚好尸体动了——亡者所没有带走的

那些物，包括死和死遗留下来的

秃鹫，淤血和生死簿，我们冲着我们笑。

2018 年 8 月

意识之看： 敬文东与王君的诗学问答

敬文东：王君兄，面对创作者，尤其是诗人，我很好奇的是：他（或她）为什么要写作？写作的理由何在？就让我们用这个俗不可耐的问题，开始我们的对谈。

王君：我的儿童时代是在一座破败的古庙里完成早期的启蒙教育的，一到六年级的学生，被分成六个纵列，每个纵列就是一个年级，所以我既学到了一年级的知识，也学到了二年级、三年级的知识，总之既没有一无所获，也没有有所获：音乐、美术这些词汇，对当时的我来说，可能就是外星人的说法。

但是我拥有森林和大海。在上小学之前，我在一座国有海边森林里度过了一两年的时光，我跟随伐木工人，每天清晨出去伐木，夜晚收工，听工人们讲狐仙的故事。有一天，我走丢了，我真的在星星已经出现的时刻，在森林里遇到了一只狐狸，我们对视了很久，我感觉它有话和我说，但是它很难表达自己，我也很难表达我自己，我们一直对视到大人跑过来找到我，它偷偷地跑远了，我再也没有看到它。

1988 年，我到北京读大学，有一个校园诗歌大赛，我写下人生的第一首现代诗：《与一只狐狸的对视》，拿去参赛，得到一个二等奖，从此我就变成了一个诗人。

十年后，我还写了一首与它有关的诗《大海之狐狸美人》，"我喜欢你这个小小的狐狸美人/忽闪忽闪。这么细的腰肢。/我听见血叭哒叭哒/滴进它的牙齿后面/那后面是黑咕隆咚的血腥：让我不可自拔"。这个时期的我，荷尔蒙分泌旺盛，那个很想表达出什么的动物狐狸，已经变成了一个有着腰肢的、年轻的、风情的女子，在诱惑着我。

我抵抗着它，用不停地写诗的方法，企图获得一种对视，直到今天。

敬文东：您在这部诗集的第一首诗里有这样的句子："词语'哦'的月光吐出一地银色的称赞，/照见了词语'花萼'寂静处的脸。"很显然，在您这里，词语本身就是世界，但又不是语言哲学所说的那种可能世界，与现实世界平行的世界，而是有生命的世界。我想知道，以这样的语言观，您希望建立怎样的诗的世界呢？

王君：我想我可以用一个借来的词来表达我的语言观，这个词来自德国哲学家本雅明和阿多诺。这个词就是"星丛"。

"星丛"是一个天文学术语。在本雅明那里——他是一个沉醉于忧郁的人，也许是从古老的占星术中得到启发，他有这样一个想法——世界是碎片组成的星丛。历史，时间，世界，越是宏大的东西就越是一系列碎片的组合。理念、本原和碎片互相构成一个星丛体，在本雅明这里，星丛的观念抛弃了抽象和概念，视野更多地着重于碎片，细小之物的独特性。

在西方哲学家那里，我奉阿多诺为我的哲学导师，我喜欢阿多诺是因为他终身信奉"否定性"思维，和禅宗思维有着相似之处。总的来说，阿多诺反对终极主义、概念帝国主义、进步拜物教、文化专制工业主义——阿多诺反对体系性。从他的前辈那里，阿多诺借用本雅明的"星丛"概念，用来进一步反对体系化的同一性：任何关系彼此之间是平等的，互不从属的区别的关系，相互之间即使是相互介入的，也首先是异质性的，主体和客体都解除了彼此的奴役关系。是不是也有老子和庄子的味道？

当下的汉语诗歌，还陷在机械的二元论里争论不休。要么否定古汉语，要么否定翻译腔；要么否定口语化，要么否定反讽，否定修辞化；要么反价值、反意义，要么强调私人情感，性无力或性旺盛的日常经验。在我看来，所有汉语诗歌的要素都可以构成一个生命体的星丛：主体，客体，抽象，概念，原材料，一道裂痕，突然蹦出的一句口号，没由头的一个胡同大妈的话头，事物的一个冷僻的属性，石头没有目的地滚了一下，疼传递到水的反义，生物基因链的某个序号用古汉语"箕踞而遨"的意会，阿多诺用德语念"床前明月光"所达到的光速，李商隐读懂现代医学，如此种种，当下口语、古汉语与圣经语，叙述性语言与抒情感叹语调，主语和虚词，形式和余像，艺术自为的存在，虚构的不存在，等等，都构成生命体的星丛。而最关键的是，它们不是简单并列在一起的异质物，它们是用汉语焊接在一起的。我使用"焊接"这个词，来表述汉语在处理这些星丛的庞大材料时，所要付出的汉语的心力和气血：汉语拥有史诗级的庞大经验，既丰富又构成障碍。现代汉语和古代汉语的隔阁，汉语作为象形文字和表音文字的巨大区别，汉语通过现代传播产生的垃圾对汉语本身的遮蔽和掩盖，一个汉语诗人只有气血畅通才能游刃有余地创造出他的汉语诗歌星丛。

我想写作这样一种汉语诗歌，在我的汉语星丛里，叹词"哦"也可以呈现为一种兴奋的生命力状态，也可以拥有触须。源头作为一个词也有了肉身（"源头"，正在展开鸟的肉身），从枯木里也可以炼出一条鲸鱼。在《有，的，物》这首诗里，我这样描述这种感觉："一根针芥上就可以站满三千，/这还远远不能描述一只关关林雀，/飞过一棵烟树所包罗的万象。/空不空？鸟不鸟？万不万？"空不空？鸟不鸟？万不万？诗不诗？也许只有诗歌本身生成答案。但生成又如何？答不答？案不案？谁知道？杨炼兄告诫我说：老弟，诗歌修行这条路，长着呢。

非常遗憾的是，我的尝试还非常初级，我由此感到不胜笔力。这需要一个人既要拥有欧阳江河所言的"如此博学的饥饿"，又要有强大的剑刺力量，可以一剑封喉，谁能修成这种力量？产生这种力量的精神要素是什么？生为汉语诗人，痛并快乐着。

敬文东：从您的诗中看得出来，您对藏传佛教和汉地佛教都很有心得，它们几乎浸润了您的很多诗作。我对佛教很仰慕，只是我自觉没有慧根，不配修习这种伟大而慈悲的宗教。因此很想请教您：佛教从哪些方面、在何种程度上，成就了您的诗篇？

王君：1989 年 6 月的某一天，北京广济寺，我遇到了当时刚从南京佛学院毕业的纯一法师。法师明眸皓齿，嗜学如命。我给他讲西方哲学史，他给我讲禅宗大义。法师迅速理解了现代西方哲学的精髓，我却止步不前。后来，法师继承了一诚长老的衣钵，去了南昌，我们就此别过。

1992 年，我第一次去西藏旅行。一种巨大的吞噬般的力量吸引着我，我后来在西藏陆续待了有四五年，跟随几个上师学习密宗教义，未有所得。我唯一学会的一点花哨，就是在寺院里模仿他们念经，以汉语发出藏语的腔调，达到以假乱真的地步。至于收获嘛，还是有一些的，我收集到他们无数神秘主义的故事，目睹了一些匪夷所思的事情，准备用作写小说的素材。后来，我开始研究密宗的教义法本，攒了有几十本书——以期依靠某种天启式的灌顶，能写下一些与众不同的诗句。

站在外面的人在理解佛教时，总是停留在轮回、善恶、空性、中观等佛教概念上，他们往往忽略了佛教教徒在修行实践上对于心识的艰苦训练，这些心识训练——我在西藏待的几年里，近距离观察过他们的行为方式，如三年零三个月的短期山洞闭关，如连续三个三年的中期闭关，他们在身体意志上达到的对于"忍受"的"大乐"，使我震惊。我也从他们的教义中了解到大量的关于心识训练的教法，这些教法如同当着你的面，把整个银河系塞进了一颗青稞粒的原子之中，我窥见了一个事实：人类在精神领域，竟然能走到如此之远，远超人类自身的想象。

　　单是把这些关于意识的偏概念的理论体系从经文中单抽出来，和现代哲学做比较，也能得到某些启发。美国作家莫阿卡宁在介绍荣格和藏传佛教的关系时，提到过一本书对荣格的影响，他的某些关于"意识"的学说，深受藏传佛教"中阴"思想的启发。荣格说："这本书一直陪伴着我，我的很多令人兴奋的想法和发现，都源于它。"[1] 这本书翻译到西方叫作

1　见［美］拉德米拉·莫阿卡宁：《荣格心理学与藏传佛教：东西方的心灵之路》，蓝莲花译，世界图书出版公司，2015年，第84页。

《西藏度亡经》[1]。我在西藏的寺院，有幸读到过《度亡经》真正的原始经文《大幻化网根本续》，这是一部将近上千页的人类思维训练和意识修行的《圣经》，仅仅是浏览一下，就已经可以发出"意识的尽头还有穷尽吗"这样的浩叹。

显宗，大乘佛教公开于世的意识理论，如"唯识论"，按照倪梁康的说法，从现象学的角度看，也可以被看作某种类型的意识哲学或心智哲学。唯识学其实与西方现代哲学的现象学、存在主义乃至语言哲学、分析哲学，都有一定的共同之处，比如，唯识学一开始就把主体与客体还原为"能取"与"所取——""见分"与"相分"，这与现象学把主体与客体还原为"意向活动"与"意向相关项"是异曲同工的，诸如此类的相关对比，还有很多，倪称之为"唯识现象学"[2]。

最早对我影响最大的就是藏传佛教宁玛派中兴之主，大圆满法的集大成者龙钦巴尊者。他最重要的经

1　莲花生大士：《西藏度亡经》，徐进夫译，宗教文化出版社，1995年。
2　见倪梁康：《心性现象学》，商务印书馆，2021年。

典是《七宝藏》[1]，除此之外，他还著有二百多部作品。在我看来，这些作品，如除去宗教修行的部分，仅仅对意识的理解和训练、对词与义关系的理解，已经达到了人类认识的顶峰。我接触到了这些高难度的意识瑜伽训练的修习方法，尝试着把一些技巧移植到现代诗的写作中——尽管很不成功。

比如，在《正行光明心要的内义讲解》[2]里，龙钦巴尊者要求一个修行者在修"特噶"时，在语言上要修学"断除言说"，在意的层面要修学"远离念想收放"。为此，龙钦巴以身语体现出的四种标志来衡量"定量"，我选择其二示例如下：

1 法性现前时，身如盆中的不能动弹的乌龟，不离坐姿；语如哑巴无有言说；意如被网着的飞禽，虽现似妄念放散，但实于基中不动摇。

2 觉性到量时，身如陷入泥泞中的大象，刹那无碍穿行于山岩；语如鸠盘茶的幼子，悦耳惬意；心如箭穿心，断除念想之收放。

---

1 《七宝藏》，藏传佛教宁玛派重要经典教义，目前没有全部汉译。笔者仅存《实相宝藏论》《词义宝藏论》《窍诀宝藏论》和《法界宝藏论》四部。
2 见龙钦巴：《大圆满上师心中心》，张炜明译，藏传佛教丛书系列。

相对应这种意识训练，我在《蝴蝶苔藓》里，曾经这样写道："在视力未及之处，蝴蝶翻飞/拐弯，进入看不见的蝴蝶秘境。/它从水进入水，和水的反义，凿穿/并空置。"在这首诗的另一处，我这样写："我依然清晰地记得耀缘师曾经/让一只蝴蝶扑动着，/悬停在她的手上。/这一刻真是让人惊叹，/蝴蝶回来了。/最后一根蛛网，从大脑的深处/凭空脱落。/所有的蝴蝶松开了它们的结。/树枝松开了它们的勾连。/众多的树叶还原成一片树叶。/一片树叶还原成一小把光。"

在视力未及之处，让意识拐弯，去击穿一个实体，甚至去击穿一个抽象的概念，甚至是击穿思维本身，这正是龙钦巴的方法。同样，在一个意识空间内，让现实世界一个物的活动，与意识深处思维的脱落相关联，并互相缠绕，最后达到字词义、实物、意识活动、时间，都表现为意识的幻化，这个用意识活动幻化时间的方法，也是龙钦巴的方法。

从这个角度看，禅宗也是一门关于心识的学问。很多人对禅宗也有很大的误解，以为禅宗就是在那里讲空性，见性成佛，对中国文化没有贡献。

唐代禅宗高僧百丈怀海，说到修禅时，提出一个很中国也很佛教的主张，"须识了义教不了义教语，须识遮语不遮语，须识生死语，须识药病语，须识逆顺喻语，须识总别语"[1]。这个"遮语不遮语""生死语"的提法里面，其实已经有了现代诗歌强调的"反讽"的意味，所谓"遮语、生语"，就是否定性反语，这个主张被南宋禅师德山缘密发展为"但参活句，莫参死句"，后来的宗杲禅师继承了他的"参活句"思想，正式提出了"话头禅"，这是禅宗中国化的正式开始。

宗杲禅师在他的《大慧普觉禅师书》中，彻底把这个遮语的思维，树立为禅宗的主流思维模式，命名为"正句"，"甚么是句？百不思时，唤作正句"[2]，把否定性思维发展到极致。宗杲禅师说如何参话头呢？就是"临机纵夺，杀活自由"[3]，"不得做有无会"[4]，这个"不得"的否定性思维，否定之后不是肯定，还是否定，不要从意义入手，要让心识在"截断""棒喝"里自动运转起来，这个和德国哲学家阿多诺所说的"否定之否定还是否定"，也有了异曲同工之妙。

1　见（宋）赜藏主编集：《古尊宿语录》（上下），中华书局，1994 年。

2　见（宋）宗杲：《大慧书》（卷一），中州古籍出版社，2008 年。

3　见（宋）宗杲：《大慧书》（卷一），中州古籍出版社，2008 年。

4　见（宋）宗杲：《大慧书》（卷一），中州古籍出版社，2008 年。

这个"不得",我觉得是大智慧,是东方智慧——参悟的目的是了不可得。活句就是要在否定性的反讽里,为世界提供鲜活的,但是又永远处于自我否定状态中的肉身,自生其义又自断其义,这个思想在福柯、阿甘本那里也可以寻找到蛛丝马迹。

与宗杲禅师同时代的宏智正觉禅师(释正觉),水平同样很高,但是他的禅修思想和宗杲不同,他主张"默照禅",因为和宗杲打了一架,被政府通缉,他就跑到浙江天童山上隐居。在天童山上,释正觉写了一千多首诗,一直到把宗杲写服了。从宋代以后,他的诗就没有被官方正式收录出版过,但是他的诗是我的诗歌的秘密源头,是我的诗歌语言的活水,一天不读释正觉,我甚至都睡不了觉。释正觉的诗歌集子《禅人并化主写真求赞》[1]——我有一个打印本,被翻了一千遍——可能是中国最早的现代诗:不遵循格律,引入口语和俚语,思维跳跃,接近客观对应物的修辞手法,还有扑面而来的顿断、棒喝和人造词,我把释正觉列为我的精神导师和汉语语言启蒙老师,我正在写一本和释正觉的诗互文的诗歌集子,估计明后

---

1 见笔者主编:《释正觉诗集》,尚未出版。

年会出版。

敬文东： "狮子洞山顶""狮子洞"无论作为词语、意象，还是实存或虚构的场域，都和佛教有关。我的观察是：它们是您的许多诗作——尤其是2016年以来的诗作——的场域核心。在一般情况下，它们如何进入您的诗篇？如何参与诗篇的构建？

王君： 对于我来说，狮子洞是一个很独特的地方。狮子洞位于安徽九华山现在的主峰的后山，与主峰相连，有一条古道穿过狮子洞，在历史上，这条小道就是著名的徽杭古道，可以想象一下，这座山在当时承载的人声人语。当然，作为一个宗教道场的开辟者，朝鲜王子金乔觉也是从这里入山，找到了一个山洞修行，最终赋予这座山"地藏菩萨"道场的意义。另外，我所知道的是，李白、王安石、刘禹锡、王阳明、袁枚等历代诗人和文人，都先后到过九华山，李白是三上九华。在狮子洞半山腰，我还看见了董其昌留下的一块巨型石刻。自唐宋以来，山上村落仅黄石溪一座，山上有一条大瀑布、一条大河，还有数十条小瀑布，一条大峡谷，基本保持了宋代山水的原貌。

早在1919年，艾略特就意识到"过去的现存性","我们意识到的现在是对过去的一种认识"。[1] 所以，狮子洞对我来说有这样几个意味的向度：历史的、诗歌的、宗教的、时间的，甚至是考古学的——同时它也是我个人在现实世界寻找到的，具有宋代残山剩水意味的一个当代遗迹，按照福柯的说法，这个遗迹"并非某种文明已然保存下来的文本的总体，亦非人们从其灭顶之灾中得以拯救出来的残迹之总和"[2]，它是一个"特异性"的个体存在，使得我在这个残迹中，有幸得以开展一种"局部勘探"，在不可见的中国文化背景的失踪里，寻找到一种隐秘的连续性。这种连续性，竟然从欧洲的阿甘本连接到了南宋禅人释正觉，狮子洞——就成为我的诗歌的一个活的话头，一个事物突然喷涌的地点，携带着词语的音爆和压力波，源源不断地喷射出来。

2017 年，赵野、海波、关晶晶等朋友也来狮子洞看了一下。聊天中我们有一个共识，即当代汉语诗歌写作，不能，也不仅仅只能写出几首抒情诗，无论这

1 见［英］艾略特：《传统与个人才能》，卞之琳、李赋宁、方平译，上海译文出版社，2012 年。
2 见［意］阿甘本：《万物的签名》，尉光吉译，中央编译出版社，2017 年。姜宇辉转引自《福柯文选》之《什么是批判》（北京大学出版社，2016 年）。

些抒情诗写的如何，当代汉语诗歌都要有一种野心，就是如何处理现代语境下汉语诗歌与西方现代诗、西方现代哲学以及与中国文化的关系，尤其是如何焊接当代汉语与古汉语、西方现代诗歌语言之间的不可能性，找到一种既能体现汉语本身意味的，又能处理当代庞杂材料的语言方式，要写出一种"向过去打开的空间被投射进了未来"[1] 的诗，找到当代诗的靠山和背景，并锻炼为未来的要素。

2016 年开始恢复诗歌写作以后，我读了很多杂书，我发现阿甘本、宗杲、龙钦巴、释正觉，和狮子洞在某一个时刻竟然奇妙地交汇了。阿甘本在《万物的签名》中谈到，"源头，被理解为涌现的时刻"，"当下即源头"[2]，我理解的意思是，诗歌必须进入当下的可能性，当下就是源始，每一首诗介入世界的方式是"在场发生"。所以我的诗歌的第一个在场就是狮子洞，它被标记为一个古代的当代签名，但依然发生为当下的政治现实：承包合同问题、违章建筑问题、宗教场所审批问题等，不一而足，它的在场是惊

1　见［意］阿甘本：《万物的签名》，尉光吉译，中央编译出版社，2017 年。
2　见［意］阿甘本：《万物的签名》"导读"，尉光吉译，中央编译出版社，2017 年。

心动魄的，而非青山绿水的温柔。

宗杲禅师所说的参话头，对应于今天的我，就是在此时之狮子洞，我勘探到的汉语诗歌的某个缘起。2016—2019 年，我时常在狮子洞读释正觉的《偈颂》《禅人并化主写真求赞》等诗，"兀兀之姿，拙钝之师。静而亡像，动不知时。有口要挂壁，无机不度丝。秋气清而星河淡淡，天宇阔而夜斗垂垂。是个面目兮，与你相随"。在释正觉看来，人与物的面目相随的这个"随"，就是"当下在场"的"随"，这临机一棒头打下来，时隔千年之后，我竟然获得了释正觉千年前在天童山的"在场"感觉，瞬间我明白了艾略特所说的传统与个人之间的关系，狮子洞于我，正如杜伊诺古堡之于里尔克，流亡之于布罗茨基和米沃什，图书馆之于博尔赫斯，德语之于策兰，颠沛流离之于杜甫。

2016 年，我读到龙钦巴的《大圆满上师心中心》。这本书是大约七百年前，他在拉萨东南 25 公里处的托噶雪山闭关七年期间写下的，在这本著作里，他每阐述一个教法，写下密咒，总在咒语的最后一行，写下诸如："此×××之文，由胜乘瑜伽士龙钦饶降书写于托噶雪山之山颈。圆满！"等字样，我有时在内心中模拟了龙钦巴写作时的场景：想象一下，在 1350 年的某个夜晚，在 4500 米海拔的山顶，在一个只能容纳半个人身高的半裸露山洞里，忍受着零下十几度的寒冷，面对连绵的白雪的群山（我去了两次刚日托噶，在夜晚的山顶，可以清晰地看到银河系呈现于整个天空，清晰得甚至可以触摸到银河系的胃和肺）。一个人在写下这些密誓之时，在他的内心，万物的本质喷涌出来的那种快感，究竟是一种什么样的感觉？"圆满书写于托噶雪山的山颈处"，这一句话瞬间就击穿了时间，使我在狮子洞这个词的意义上，获得了模拟万物喷涌出来的那种虚假的自嗨——在某些方面来说，当代诗歌的全部感受，几乎就是模拟这些曾经发生过的本质喷涌，只不过，我们沉浸在这种模拟之中，把模拟本身认同为感受本身，从而获得了一个巨大的言辞的假象，并认同为本质。

敬文东："明心见性"是宋儒以来的重要传统。中国古人强调的是味觉，有人研究过，最晚从汉代开始，中国人的感官都被味觉化了，所谓观看万物，实际上是品味万物，而品味万物的动力和判断力取决于能够"见性"的那颗被"明"亮的"心"。从"五四"

新文化运动开始，现代中国人已经一步步将感官视觉化了——以纯粹的看应对万物，世界由此失味了。您的诗不仅在用眼睛看，而且因为佛学因素的进入，其他器官（而不仅仅是感官）也能看；不仅看得见外部的万物，还看得见人体内部或外部的虚无。据我观察，这在新诗史上堪称特例，这应该是您的写作对新诗所做的贡献之一。读者——比如我——对此很陌生。您能就这个问题稍微展开谈一下吗？

王君：因为文东兄的激发，我在诗集的第一首《上面，中间，下面》里，修改了这样的词句："新的空间'眼睛'，从旧的实体长出，/时间恢复为器官……"我想这正是我在诗歌中要表达的，眼睛不仅是视力的媒介，它也呈现为空间。同样，时间也不仅仅为时间自身所呈现，它也生长为身体的器官。在概念上认识到这一点是很容易的，中国古代的哲学家和诗人，提供了很多类似的源头性思想和示例，在当代诗歌写作中，很多人也做到了，在修辞上，视觉、触觉、味觉等通感的运用。我想强调的是，仅仅在写作上实现通感修辞，仅仅作为一种方法论和有活力的工具的呈现，甚至是某种深度的体验，这还不是我想要的。

回到"明心见性"。明心见性是禅宗提出来的，像王阳明这样的大儒，把明心见性的思想，改造为知行合一。自六祖慧能《坛经》之后，禅宗开始深入地本土化，其最大的特点就是上文提到的，禅宗修行从"公案化"发展为"话头禅"，至此禅宗开始和儒家分道扬镳，大儒们沿着禅宗"理入"和"行入"的两条线，开始鼓吹"知"和"行"，禅宗则开始进入"狂禅""疯禅"的阶段，"但将迷闷底心，移来干屎橛上，一抵抵住，怖生死底心、迷闷底心、思量分别底心、作聪明底心，自然不行也"。[1] 瞧瞧，干屎橛都出现了，禅宗修行有多疯？其背后的逻辑是，要在意识层面，打破概念和名相的所有联系和区别，一抵抵住，一剑封喉，这样才能见到真正的"性"。这才是真正的明心见性，具有现代主义的怀疑精神。而儒家的"知"，充其量为包含一种具有超越性质的道德尺度，是天道在人心中的显现，这在禅宗来说，正是要用干屎橛一抵抵住的地方。

以我浅薄的见解，在汉语味觉化之前，古汉语，是可以接到天地能量的一种精神性的创造物，是一种具有精神实质的能量。创造汉语的初始是用来祭祀的，与天地沟通采用的方法也是"立象以尽意"，所

1　见（宋）宗杲：《大慧书》（卷二），中州古籍出版社，2008 年。

以早期的汉语，应该是拥有 360 度无死角的触须，可以任意和万物沟通。汉语被味觉化之后，只剩余了这一种"舔舐万物"的功能，进入现代之后，汉语抛弃了象形文字的会意，进入分析性的视觉化时代，唯一的舔舐功能也丧失了。在现代语境下，按照现代美学方式，又不可能使现代汉语恢复传统功能，汉语由此进入两难境地。

从主客体理论来说，现代诗歌大概经历了两种观看方式，文东兄在您的著作中也多次提及：一种是主观之看，以抒情和感叹为主要形式；一种是客观之看，以反讽为主要形式。中国古代的天人合一永远不会存在现代汉语中了。在这种遭遇下，我尝试着从禅宗的"话头禅"和密宗的大圆满修行实践，吸收一个共同的思路，就是进入意识层面，从意识训练的角度来理解当代汉语的切入角度，我称之为"意识之看"。

这个"意识之看"也可以看作我的"星丛"理论的另一种说法：在意识空间内，星丛诞生，否定自身，再生成，再否定自身，时间、空间、事件、名相，都可以理解为意识的器官。在意识的身体内，万物，包括其属性，互为对方的器官，虚构物与当下发生物互为眼睛和舌头，互为胃和鼻孔，互为口与心。

"身非肉团，心如墙壁"[1]。由此，我在诗中试图写出这样的"意识之看"的句子："空间机器一样轰鸣着，/时间向山下流去：/刺骨的寒冷烫到了手"，"翠绿向我靠近直到/锤子抡起了我"，"三点的牦牛被重新下成/头盖骨睁开了眼"，"蓝天进入画眉。/蓝天在画眉的白云之中，/种出一片污水处理厂。/而白云在青山里长出第一片绿叶"。

也许还很初级，但门已经打开，意识已经苏醒，那些敏感的意识神经，已经在等待着弹奏，诗意由此变得可能。

敬文东：我观察到，您是用极快的速度，完成了组诗《哀歌》。诗作为一种文体，在某些特定的时刻，可以理解为对外部刺激做出的反应。这种反应在某些敏感、深沉的诗人那里近乎本能，但它首先是诗人对外部刺激的正当防卫。可以借《哀歌》的创作，谈谈诗歌写作的正当防卫特性吗？

王君：在 2020 年 3 月至 4 月的一个月里，以哀歌的形式，我应该写了有几十首，现在拿出来的只是部

1　释正觉语。

分。就诗歌的正当防卫来说，我想，体现在写作上，一首诗诗意最重要的呈现方式，是它如何处理当下材料和所处时代的当代材料，就处理材料的方式和能力而言，在汉语诗歌里，首推屈原，无论《离骚》还是《九歌》，他对自身所处时代的把握，包括对语言的处理能力，影响了后代两千多年。也正是在这个意义上，我认为这是杜甫高于李白的地方，杜甫对他那个时代材料的处理能力，其复杂度、广度和深度，包括技艺和立意，远远高于李白。这就是我为何面对刺激而发生反应的原因，我想，同时代的许多优秀诗人都做到了这一点，所谓当代诗意，就是如何处理当代野蛮主义，处理当下的恶，处理时代的腐烂。能成功处理当代材料并变为诗意的人，我们称之为当代诗人。

敬文东：您在《李白捞诗》中有这样的句子："从人的死进入诗的死，需要一个捞尸人/我干这个恰恰合适——李白对孟浩然承认，/诗歌已经死亡。我们/人类，是诗歌死亡的尸体。"我得承认，这是近年来我看到的对诗的最好解释，它可以被看作关于诗的诗行。这可否看作王君的诗学核心？如果是，您可否尝试着就此出发，谈谈诗和这个生与死互相纠缠的时代的关系？

王君：我用"汉语的一日"来描述我心目中汉语诗歌的死亡时间表：在汉语的早晨，首先出现的是刚才提到的屈原；当太阳升起，陶渊明和谢灵运出现了；李白出现在上午十点；正午，阳光最强烈的时刻，杜甫出现了；转眼到了傍晚，李商隐的身影模糊可见，苏轼和辛弃疾是最后的两缕光，鲁迅出现于伸手不见五指的黑暗，而我们，则处于永久的黑夜之中。

这可能有点残酷，因为我们竟然没有见过"早晨"。另一个问题是，中国古代产生过真正的诗歌吗？从人与物的关系来看，中国古代产生过真正的诗，因为古典诗意为我们带来了万物的原始清澈和可对话性。从人性的善与恶来看，古典诗歌遮蔽了大多数时代的恶，它们从诞生之日就死亡了。如此，我们进入黑夜的时间，甚至可以提前到正午之后的一点钟：杜甫消亡之后，汉语就没有白昼了。

那么，当代诗人究竟该如何作为？福柯有一个提议，"起源必须在这样一个褶皱中被寻找，在这个褶皱中……人生活在其唯一的、近期的、不确定的清新存在之中，这个生命一直进入最初的有机构成，并把比任何记忆都要古老多的词组合成从没被陈述的词句……"[1] 我想这大致也是我的想法，在一个永久的黑夜中，写作一种"从没发生过"的诗歌的唯一意义，就是为我们这个时代的死亡，提供一种现场的考古证据和当下的在场档案。

这种提供本身，也有可能是模拟的和虚假的，甚至是无力的。但就这种可能性而言，诗歌写作本身，也仅仅是以在场的姿态，发出一点可能性的微弱的声音——以虚构的方式，使"黑暗"看上去，可以有声音从其内部深处传出来。

敬文东：越深入读您的诗，越发现您的诗有一种兴奋感，它有一种思绪横飞的状态，似乎处处都是诗句的生长点，具体例证太多了，此处无须引证。这种思绪横飞的状态显然不能称作超现实主义，不知王君兄是否注意到您的这个诗学特征？

王君：当禅宗的僧人们被问到什么是佛时，《五灯会元》是这样记载的，僧问云门："如何是佛？"文

1　见［法］福柯：《词与物》，莫伟民译，上海三联书店，2016 年。

偈答："干屎橛"[1]。当文偃禅师从意海中一下子蹦出"干屎橛"这个词儿，我相信他处于一种打破"不落窠臼，不堕理路"的禅思癫狂之中，概念的边界被奋勇突破了，词语从意义上被抽离为意识的一个顿断，空间裂开了，世界成为一种光的形式，自性开始显露。"啪！"又一个顿断，把显露打了一个趔趄，显露显露为非显——这是一种什么状态的迷醉和清醒？我沉迷于这种"断点再生"的"遮语"的思维方式中，保持了写作上的自嗨和成瘾，我希望能走得更远。

敬文东：钟鸣说，诗人一定要避谶，不能在诗中轻易谈到自己的死。他甚至认为，张枣的早逝就是因为后者不断在诗中大肆谈论自己的死。西川好像说过，他绝不在诗里说任何一句有可能对自己不吉利的话。但您的诗谈论生死可谓比比皆是，但那些生、那些死，却没有任何令人恐怖和不适的气息。这是一个奇迹。新诗如果有自我意识，那么，在您这里新诗是否能够以对生死的超越为它的自我意识呢？如果答案

1　见（宋）普济、苏渊雷点校：《五灯会元》（卷十五），中华书局，1984 年。

是比较肯定的，那么，它又可望为新诗带来哪些新的面相呢？

王君：钟鸣在他的那篇《广阔的希波吕托斯之风》[1] 的随感里，在谈到曼德尔斯塔姆的诗歌命运时，反复谈到"黑太阳"这个意象。在这篇文章的语境中，"黑太阳"等同于"系统"（祖国），等同于"我们为什么被遮蔽？"在钟鸣的这个语言自足体里，"黑色话语"也因此有了清晰的语义边界。这正是我想说的，如果在"黑色话语"里讨论死亡，死亡也是黑色的。如果在意识空间内而非时间范围内讨论死，死和时间一样，变为了意识的生长、死亡、再生的一片叶子、一阵雨或一朵白云。在这里，死的边界和内涵被拓展到边界之外，甚至边界本身也成为参与生死转换的一种能量，边界消失了，能量却可以自由转换，所以我们就可以自由地讨论死。

就新诗的自我意识而言，死最重要的不是自我超越，而是变为在死的原点意义上不断重新生成的一种能量，我呼唤、创造这种能量，希望张枣能以这种形式回来，重塑肉身，因为我还从没和他喝过酒。

1　见钟鸣：《中国杂技：硬椅子》，作家出版社，2003 年。

图书在版编目(CIP)数据

　上面.中间.下面:王君诗选/王君著.—南京：
南京大学出版社，2023.2
　ISBN 978-7-305-26197-8

　Ⅰ.①上… Ⅱ.①王… Ⅲ.①诗集—中国—当代
Ⅳ.①I227

　中国版本图书馆 CIP 数据核字(2022)第 183791 号

出版发行　南京大学出版社
社　　址　南京市汉口路 22 号　　　　　邮　编 210093
出 版 人　金鑫荣

书　　名　上面.中间.下面:王君诗选
著　　者　王　君
责任编辑　谭　天

照　　排　南京紫藤制版印务中心
印　　刷　徐州绪权印刷有限公司
开　　本　880×1230　1/32　印张 8.75　字数 147 千
版　　次　2023 年 2 月第 1 版　2023 年 2 月第 1 次印刷
ISBN　978-7-305-26197-8
定　　价　56.00 元

网　　址　http://www.njupco.com
官方微博　http://weibo.com/njupco
官方微信　njupress
销售热线　(025)83594756